ENLACE ROJO

ISABEL LUGO

DEDICATORIA

A mis hijas Alanis e Isamar, porque la vida me dio la bendición de poder

tenerlas en mis brazos, amarlas y ser ellas mi norte. También, a mis padres,

a mi hermana y a toda mi familia.

Sin olvidar, aquellos que han estado y estarán siempre en mi corazón.

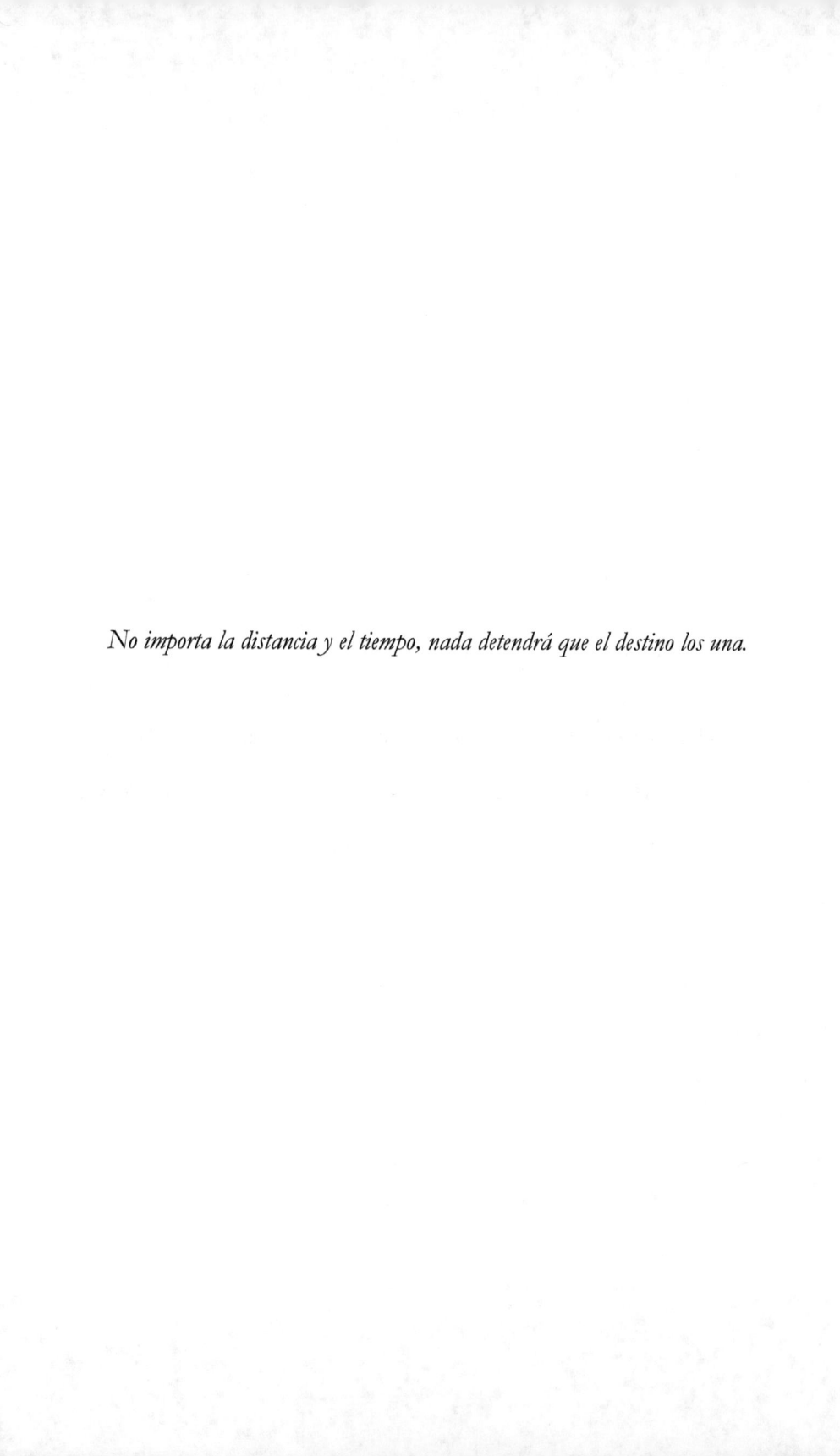

No importa la distancia y el tiempo, nada detendrá que el destino los una.

CONTENIDO

PRÓLOGO

Esta historia está inspirada en unos personajes ficticios llamados Pamela Miller y Lucas Maxwell, quienes vivirán una batalla contra el tiempo, la vida y la ciencia. La ambición de Antonio Monet, un hombre sin escrúpulos y sus cómplices, desatará un caos entre ellos para lograr de la forma más vil, enriquecerse. La lucha entre la fe, el amor y la ambición no tendrá tregua. El destino estará marcado y los llevará a un inesperado desenlace.

1 LA PÉRDIDA

El día estaba nublado, pues, era una época de constantes lluvias en la ciudad de Los Ángeles. Como de costumbre, el tráfico estaba muy pesado durante la noche. En las calles, las personas alrededor trataban de protegerse de la lluvia y como era típico por las inclemencias del tiempo, los paraguas estaban por doquier. Muchas personas salían de sus trabajos y otras caminaban por las calles en busca de un taxi. Unos tenían la suerte de encontrar alguno rápido y otros optaban por las camionetas de transporte común. La policía se ocupaba en realizar su mejor esfuerzo para lograr mover el tráfico pesado; pero se hacía inútil con tan fuerte precipitación.

En una de las avenidas, Lucas, Samantha y su hija Roselyne, de dos años, iban de camino a la casa de los abuelos, pues, ese día iban a festejar los cuarenta aniversario de los padres de Samantha. Ella se arreglaba la falda, entretanto Lucas observaba las piernas deslumbrantes de su esposa.

Samantha, al darse cuenta de que su esposo la observaba, se ponía muy coqueta.

—¡Deja de mirarme tanto, pues, vas a chocar! —dijo ella.

—¿No puedo admirar lo hermosa que eres? —dijo él.

—Claro que sí, mi amor. —ella sonriendo—. ¡Ahora!, cuidado con esa luz que pronto va a cambiar.

—Bueno, aquí vamos de nuevo. De aquí en adelante el tráfico debe mejorar. —dijo él.

Entonces, Lucas acelera su camioneta en dirección al expreso que los conduciría rápido en dirección a la casa de los suegros. En el asiento de atrás, se encontraba Roselyne totalmente dormida, junto al osito de peluche que le había traído su padre. Samantha se voltea, saca una manta de la mochila y la coloca sobre su hija. Debido a las constantes lluvias, apenas había buena visibilidad en el cristal de la camioneta. Es, por esto, que él aumentó la velocidad del parabrisas para mejorar la visibilidad. Los cristales se opacaban rápido con la alta humedad de esa noche.

Lucas conducía a una velocidad considerada y Samantha estaba verificando los mensajes en el teléfono celular. De repente, una luz los iluminó seguido de un estruendoso ruido. El impacto a la camioneta fue inminente. Otro coche que perdió el control había caído sobre la camioneta de Lucas.

Minutos después, varias ambulancias y patrullas de policías llegaron a la escena a ofrecer los primeros auxilios a los heridos del accidente. Un joven de veinte años, estudiante de medicina, quien perdió el control de su camioneta había muerto al instante. La ambulancia se llevó a Lucas, a Samantha y a Roselyne muy mal heridos a uno de los hospitales del centro de la ciudad. En la escena se observaban trozos de cristales, pedazos de los coches, los curiosos que se acercaban al lugar del accidente, el ruido de las sirenas de las ambulancias y el osito de peluche tirado en la carretera.

Meses después, Marc, el mejor amigo y compañero de trabajo en el Servicio Secreto, se encontraba de visita en la habitación del hospital junto a su amigo. Lucas se hallaba en coma debido al fuerte impacto que había recibido del accidente. Como era de costumbre, Marc visitaba a Lucas semanalmente para saber cómo se encontraba su amigo. Esa mañana Marc se había tomado unos minutos más para hablar con el médico que atendía a Lucas. El doctor le indicó que Lucas se encontraba físicamente bien. Recibía las terapias continuamente y era de esperarse que en algún momento este despertara de ese coma, que no perdiera la fe.

Ese día era el cumpleaños de Marc y decidió, antes de irse a celebrar, visitar a su inseparable amigo. Después que entró a la habitación y observó a su amigo, minutos después se volteó a ver hacia la ventana, cuando de repente escucha la voz de Lucas.

—¿Dónde estoy? —preguntó Lucas.

—¡Hermano, bendito sea Dios! Pudiste reaccionar. —exclamó su amigo.

—¿Qué pasó? ¿Qué hago aquí? Me siento pesado. —dijo Lucas.

—No te muevas. Todo está bien. Te explico ya mismo. Tranquilo y déjame llamar al doctor para que te revise. —Lucas trata de sentarse—. Prométeme, que no vas a hacer una locura. —dijo Marc.

—Te lo prometo. —dijo Lucas.

Marc salió hacia el pasillo en busca del doctor Coleman. Este, al escucharlo, sale del área de enfermeras y se dirige a la habitación acompañado de una de ellas.

—Lucas, lo estoy examinando para asegurarme que usted está bien. ¿Cómo se siente? —preguntó Coleman.

—Me siento débil y un poco mareado. ¿Dónde están mi esposa y mi hija? —preguntó Lucas.

—Es el efecto de los medicamentos que le hemos proporcionado. Después que lo examinemos, le contestaremos todas sus preguntas. ¿Puede cooperar? —preguntó Coleman.

—Vamos hermano. Tienes que poner de tu parte. Todo está bien. —dijo Marc.

—Por favor Marc, llama a Samantha. Necesito verla. —dijo Lucas.

—Deja que termine el doctor y así lo haremos. —dijo Marc.

El doctor toma su tiempo, verifica las pupilas, confirma con la enfermera la lectura del monitor y hace unas anotaciones en el expediente.

—Usted se encuentra muy bien de su estado de salud. Sin embargo, va a sentir ciertas molestias por el tiempo que ha estado en la cama. Va a necesitar unas terapias para fortalecer sus músculos. —dijo el doctor.

—Doctor, ¿cuánto tiempo he estado aquí? —preguntó Lucas.

—Seis meses para ser exacto. —repuso Coleman.

—¡Seis meses! ¿Dónde está mi esposa? —preguntó Lucas.

—Usted sufrió un aparatoso accidente de tránsito. Tratamos de hacer todo lo que estaba a nuestro alcance. Lamento decirle…que su esposa y su hija fallecieron en el accidente. —dijo Coleman.

—¡No! ¡Dios mío, no! —con las manos sobre la cabeza—. exclamó Lucas

—Lucas, mírame. No fue tu culpa. Fue un accidente. —dijo Marc.

—Sácame de aquí. Necesito salir de aquí. —gritó Lucas.

—Lo siento, hermano. Tienes que tratar de tranquilizarte. Vamos a hacer lo que sea necesario para que puedas salir pronto de aquí. —dijo Marc.

El doctor saca un frasco, una inyección de la bata y le aplica un sedante a través del catéter.

—Marc, déjame solo. Quiero estar solo. ¡Por favor! —dijo Lucas.

—Voy a estar en el pasillo por si me necesitas. —dijo Marc—. Parado en la puerta.

Lucas se quedó dormido por el efecto del sedante. Esa noche Marc estuvo acompañando a su amigo en el hospital hasta la madrugada siguiente. Marc se había quedado dormido en la silla. Lucas se despierta, se sienta en la cama, se quita el suero y llama a su amigo.

—Despierta, Marc. —dijo Lucas.

—Ok. ¡Ya voy! ¿Qué pasa? —dijo Marc.

—Sácame de aquí! —dijo Lucas.

—Tranquilo, te ayudo a ponerte la ropa y nos vamos. Traje una silla de ruedas, pues, sabía que me lo ibas a pedir. —dijo Marc.

—Quiero que me lleves adonde está mi esposa y mi hija. No me lo niegues. —dijo Lucas—. Aguantando a su amigo por la camisa.

—Claro. Vamos. —dijo Marc.

Marc había ayudado a cambiar de ropa a su amigo. Las enfermeras estaban muy contentas al ver a Lucas despierto. Ambos aprovechan para salir del hospital, como si fueran a dar un paseo de rutina. En la entrada del hospital, dejaron la silla de ruedas y de allí se marcharon.

Una hora más tarde, Marc y Lucas habían arribado al cementerio. El lugar lucía muy bien cuidado, lleno de arbustos, flores y calles que conectaban algunas áreas. Minutos después, ambos habían llegado hasta la calle más cercana a la tumba de la familia Maxwell. Es, entonces, que Lucas sale del coche y camina en dirección hacia la tumba familiar. En ese instante fue que a Lucas le temblaron las piernas, las manos y más aún, le latía fuerte su corazón. Las lágrimas de dolor recorrían su rostro, sin parar. Entretanto, Marc se mantenía a una distancia corta para darle espacio a su amigo en ese momento tan difícil. Al llegar Lucas a la tumba, se desploma frente a la misma. Marc se mantuvo escuchando a su amigo recriminarse por el tiempo que estuvo fuera, debido a su trabajo, sin estar cerca de ellas. Se escuchaba la voz decir: "¿Por qué no me fui yo, en vez de ellas?", entre otras palabras de un padre y esposo sin consuelo.

2 PRIMERA MISIÓN

Pasados tres meses, Lucas se encontraba en la casa, cuando un coche militar se acercó a la residencia. Marc, vestido de uniforme, se acercaba a la casa para llamar a su amigo. Este toca varias veces a la puerta y Lucas no contesta. Solo Rocky, por ser un perro entrenado, salió a recibir a Marc. Es, entonces, que Marc abrió la puerta y entró a la residencia. Miró alrededor el desorden que había por todos lados. Lucas se encontraba tirado en uno de los sofás, en pantalones cortos, despeinado, con el televisor encendido, pasando la borrachera de la noche anterior. Marc se sentó tranquilamente en el sofá y miró las botellas de cerveza que estaban por todas partes.

—Parece que la noche la pasaste muy bien. —dijo Marc—. Toma el control remoto del televisor y lo apaga.

—Ayer, vinieron unos buenos amigos con menos rango que tú a verme. —dijo Lucas—. Sacando el cojín de su rostro.

—Sabes que este rango era para que tú también lo recibieras. Hermano, todavía estás a tiempo de regresar a trabajar. Empezamos esto juntos y lo terminaremos juntos. ¿No te parece? —dijo Marc.

Lucas tiró el cojín en la mesa, se levantó del sofá y caminó hacia la nevera a buscar dos cervezas. Regresó al sofá y acomodó una de las cervezas en la mesa frente a Marc. Este se dio cuenta que Marc había colocado un sobre en la mesa.

—Aún no estoy listo. —dijo Lucas—. Tomando un sorbo de cerveza.

—Vengo a entregarte estas órdenes. Si te niegas, tengo que arrestarte. Espero no tener que hacerlo. ¿Oh, sí? —saca de su chaqueta unos boletos de avión— Aquí están los pasajes y el chofer te está esperando afuera. —dijo Marc.

—¡Así de sencillo! Si pensaste en todo, como siempre. ¿Qué hago con Rocky? —preguntó Lucas.

—Le pediré a mi novia que lo cuide por los días que estarás fuera. Esto puede que me cueste la relación, pero tienes que irte. —dijo Marc.

—Muy bien. Dame unos minutos, necesito darme una ducha. —dijo Lucas—. Dejando la cerveza en la mesa.

—Arréglate esa maldita barba o te la quitas. Son 20 minutos y contando. —se levanta del sofá—. Esto aquí huele fatal. Estaré afuera esperándote. —dijo Marc.

Lucas subió al segundo piso de la residencia y sacó una mochila negra. Dentro de su cartera colocó la foto de su esposa y la de su hija. En el baño, se arregló la barba y, luego, tomó una ligera ducha para bajar la cruda. Después, escogió una camisa negra, unas botas negras y unos mahones. A pesar de haber pasado mucho tiempo en el hospital, Lucas gozaba de unas libras menos y de un excelente físico. Antes de perder su familia, solía ejercitarse a menudo.

Salió de la habitación, le pasó la mano a su "german sheperd" y se dirigió a la puerta principal de su residencia. Cerró la puerta y se acomodó las gafas de sol. Luego, movió la cabeza en señal a Marc que ya estaba listo. Ambos se montaron en el coche y fueron en dirección al aeropuerto. Se dirigieron hacia el hangar donde estarían esperándolos

—Hace dos semanas unos militares fueron atacados con armas biológicas que les causaron la muerte. Tenemos que a ir en búsqueda del doctor Morgan, un profesor que ha realizado investigaciones en esta rama de la medicina y se encuentra en la universidad impartiendo clases. Tenemos que interceptarlo antes que puedan encontrarlo otras personas. Normalmente, el doctor siempre está en su laboratorio o en su residencia. Él es el único que puede ayudarnos a encontrar los rastros de la persona que está preparando estas armas biológicas. Aquí está la información que necesitas. —dijo Marc—. Le entrega un expediente.

—Tenemos que irnos en un helicóptero y no en avión, porque demoraría demasiado. ¿Llama al piloto? —dijo Lucas.

—El piloto está en espera de nosotros. Vamos hacia la terminal E. Tenemos al profesor vigilado discretamente, pero necesito que seas tú el que hables con él y lo saques del edificio. Cuando lleguemos va a ser de noche y no habrá mucho movimiento en el área. Yo voy a estar cerca para interceptarlos y regresar de inmediato.

—Luego de sacarlo del edificio, ¿a dónde lo llevarás? —preguntó Lucas.

—Hay un hospital militar cerca, que hemos preparado con unos laboratorios especializados para que el doctor pueda ayudarnos. Ya está todo preparado. Solo necesito que lo traigas. —dijo Marc.

—Esto está muy fácil por ahora. Necesito que me des más detalles camino al lugar. —dijo Lucas.

—La información que estamos recibiendo viene de nuestros contactos en el Pentágono. Por el momento es lo único que te puedo decir. Vamos juntos atando cabos a ver hasta donde esto nos puede llevar. —dijo Marc.

—Hermano, ¡como en los viejos tiempos! —dijo Lucas.

—¡Como en los viejos tiempos! —respondió Marc.

El helicóptero estaba a una hora del lugar donde se encontraba el doctor Morgan. Los alrededores de la universidad estaban prácticamente vacíos, pues, era un día feriado. El doctor gustaba de esos días irse al laboratorio a realizar nuevos experimentos. Sin embargo, ese día decidió cambiar de ruta y fue primero a la biblioteca antes de ir al laboratorio. Lo que él no esperaba ese día era que durante su caminata hacia la biblioteca unos individuos encapuchados lo iban a interceptar, cerca de las escaleras, para tratar de silenciarlo. Es, entonces, que el doctor resultó muy mal herido y los atacantes se fueron a la fuga. A lo lejos, solo se escuchó un disparo de uno de los del Servicio Secreto, que estaba cerca del lugar y que vio parte de lo sucedido. El disparo logró alcanzar a uno de los encapuchados, dejándolo mal herido.

Inmediatamente, Marc recibió una llamada del equipo de Servicio Secreto que le indicaba que había un cambio de planes ya que el doctor había sido atacado, estaba grave y se encontraba camino al hospital.

—Cambio de planes. Me informan que lo atacaron y van de camino al hospital con la escolta de nuestra gente. Vamos a tener que interrogarlo en el hospital. —dijo Marc.

—Creo que esto va más lejos de lo que estamos acostumbrados. —dijo Lucas.

—Martínez, cambiemos de ruta. —dando órdenes al piloto del helicóptero—. Vamos al hospital militar de la ciudad. —dijo Marc.

—Entendido. Cambio y fuera. —dijo el piloto.

Minutos más tarde, Marc y Lucas llegaron a la habitación del doctor Morgan. Los doctores lo estaban atendiendo. Morgan se encontraba grave por la paliza que recibió. Mientras Marc hacía señales a los doctores para que le dieran el diagnóstico del paciente. Lucas se acercó al doctor Morgan.

—¿Me puede oír? —preguntó Lucas al doctor.

Morgan movió la cabeza afirmando que podía escucharlo.

—Doctor, unos compañeros los atacaron con unas armas biológicas. Necesitamos su cooperación. ¿Tiene idea de quién lo atacó a usted? —preguntó Lucas.

Morgan mueve la cabeza indicando que no.

—¿Quién más conoce sobre sus experimentos? —preguntó Lucas.

—Pamela Miller. —dice pausadamente el doctor Morgan.

—¿Quién es ella? —preguntó Lucas.

—Búsquela. Ella los ayudará. —dijo el doctor Morgan.

De pronto, el doctor Morgan comienza a convulsar. Los doctores se acercan a ofrecerle los primeros auxilios. Le indican a ambos que tenían que salir de la habitación.

—Tenemos que conseguir a Pamela Miller. ¿Tienes idea de quién es? —preguntó Lucas.

—No. Vamos al hotel y allí nos organizamos. Me encargaré que averigüen quién es ella para que la localicen de inmediato. —dijo Marc.

Marc y Lucas se desplazaron y se acomodaron en el coche que los esperaba a las afueras del hospital. Marc hizo una serie de llamadas durante el camino.

En varias habitaciones de uno de los hoteles de mayor prestigio en la ciudad, se encontraba un contingente de agentes del Servicio Secreto. Las habitaciones estaban atestadas de computadoras, pantallas de alta tecnología, armas, agentes, y otros equipos sofisticados. Los agentes se estaban conectando con redes mundiales para atar pistas y proporcionar la información más precisa. Ambos entran al hotel y se dirigieron al ascensor para llegar al piso donde estaban sus compañeros esperándolos. Marc camina hacia una de las habitaciones al final del pasillo y se acerca al teniente Santiago. Este se encontraba organizando y verificando unos expedientes.

–¿Qué tiene? ¿Consiguió lo que le pedí? –preguntó Marc.

–Aquí está toda la información. La doctora Pamela Miller se encuentra en una pequeña Isla realizando algunos experimentos. Este lugar no tiene buena comunicación. Dentro del portafolio hay un mapa; además, está escrito el nombre de uno de nuestros contactos que lo transportará hacia la pequeña Isla. También aparece toda la información sobre la doctora. –dijo Santiago.

Entonces, Marc tomó el portafolio.

–Teniente, ¿algo más? –dijo Marc.

–Secuestraron a un juez federal, llamado Robert Jackson, relacionado a un caso en contra de la empresa Genbiolife. Esta empresa está relacionada a negocios con el ejército de los Estados Unidos y Europa.

El Pentágono ha recibido últimamente muchas amenazas con armas biológicas. También, un barco de turismo, que cruzaba el Golfo de México, tiene diez personas afectadas con una extraña gripe. Todo aparenta estar planificado, según los informes recibidos. —respondió Santiago.

—Lucas, necesito que salgas de inmediato a conseguir a la doctora y traerla aquí de inmediato. Tienes mi plena confianza y utiliza los medios que necesites. Tienes setenta y dos horas. —dijo Marc.

—Salgo de inmediato. —dijo Lucas.

—Suerte, hermano. —dijo Marc.

En la Isla, Pamela Miller se encontraba cenando en un restaurante cerca del muelle. Ella era una mujer esbelta, de pelo lacio, color marrón claro, de ojos grandes y una boca muy sensual. Le agradaba visitar la Isla para escuchar música y visitar algunos colegas que, al igual que ella realizaban diferentes experimentos cerca del lugar.

Al terminar, Moisés Fisher la esperaba para llevarla a la pequeña Isla. Pamela camina lentamente disfrutando de la brisa del mar y la hermosa luna llena. Al llegar al muelle, Moisés le enseña un brazalete diseñado con hilos rojos; en el centro tenía un nudo marinero.

—¿Y esto? —preguntó Pamela.

—Lo diseñé para ti. El diseño es único, la cerradura es en oro y lo he llamado "Enlace Rojo". Tiene una protección especial. —dijo Fisher—.

Mostrándolo. —Además, sabes que eres como mi hija. Me gustaría que lo llevaras siempre contigo en tu mano izquierda. —dijo Marc.

—Eres muy supersticioso. Pero está hermosa. Muchas gracias. —dijo Pamela—. Colocándose el brazalete en la mano izquierda.

—Hija, dice una leyenda que el destino de cada ser humano está unido a otro por un hilo rojo imaginario. También, el hilo rojo se usa como amuleto en contra de las cosas malas. No tienes nada que perder con que lo uses. —dijo Fisher.

—¿Te olvidas que soy científica? —dijo sonriendo Pamela—. Pero te voy a complacer.

—Le prometí a tu padre, que en paz descanse, que te cuidaría. Sin embargo, perdona que insista tanto, pero debes de pensar en regresar a tu país. —dijo Fisher.

—Lo he pensado, pero debo de completar unos asuntos primero. La noche está hermosa y prefiero no hablar de eso. Mejor, vámonos. —dijo Pamela.

Ambos zarparon y a la distancia se observaba el reflejo de la luna sobre la pequeña Isla.

En el camino al aeropuerto, Lucas abrió el portafolio que contenía la copia del pasaporte de la doctora Pamela Miller y el de él. Dentro había algunas tarjetas de crédito, dinero, un teléfono celular y una computadora portátil. Además, estaba el expediente de Miller con todos sus datos personales, una fotografía en blanco y negro, su historial académico, características físicas y médicas y algunos trabajos investigativos publicados en revistas de renombre sobre biotecnología. También, se encontraba la información de la persona de contacto y una foto del bote que lo llevaría adonde estaba ella.

Esa misma tarde, Lucas abordo el avión. El viaje tomó varias horas para llegar a la Isla. En el aeropuerto, en una de las Islas del Caribe, Lucas hizo una llamada y se contactó con el hombre que lo llevaría al lugar donde se encontraba la doctora Miller. Allí tomó un taxi y se dirigió a la costa. Al llegar a la playa, el hombre lo estaba esperando en un bote rotulado Génesis. Este subió al bote con su mochila negra, se acomodó sus gafas y se sentó al lado contrario de él.

—Mi nombre es Moisés Fisher, todos me llaman Fisher. Le recomiendo que asegure la mochila al bote si no la quiere perder. Nos tomará un tiempo llegar al otro lado de la pequeña Isla. La marea está alta, debido a las malas condiciones del tiempo. Le advierto que vamos a tener una complicada travesía. —dijo Fisher.

—¡A cosas peores he sobrevivido! —dijo Lucas.

—No se hable más. Desate la soga que está atada al muelle, ya que salimos ahora. —dijo Fisher.

Fisher y Lucas zarparon de la costa en medio de un mar agresivo. Entonces, comenzó la lluvia incesante en pleno mar. La marea y los vientos eran muy fuertes, pero Lucas y Fisher continuaban su travesía. Fue la travesía más insoportables en pleno mar. Al llegar a la pequeña Isla, ambos salieron del bote extenuados. Lucas no pudo tolerar el viaje y comenzó a vomitar. Fisher se reía al verlo.

—¡Ganaste Fisher! —dijo Lucas—. De rodillas en la arena.

—Hidrátese —ofreciéndole una botella de agua— y levántese que ahora hay que caminar y bastante. Tuvimos que zarpar por el lado contrario de la Isla. Tenga este machete y sígame. —dijo Fisher.

—Maldita sea cuando acepté este trabajo. —dijo Lucas.

Fisher le agradaba hacer hamacas y poseía en su brazo izquierdo algunos brazaletes hechos con hilos. Este saca una navaja de su bolsillo y unos hilos rojos. Corta los hilos, hace un nudo marinero con ellos.

—Colóquese este brazalete en su mano izquierda. Esto le va ayudar a alejar los malos espíritus que tiene cerca. De aquí en adelante, usted me dará la razón. —dijo Fisher.

—¿Usted no se va a poner uno? —pregunto Lucas.

—No. Mi destino ya se cumplió. Ahora le toca a usted. —dijo Fisher.

—Si esto me va a servir, pues lo acepto. Maestro, no lo voy a defraudar. —dijo Lucas.

—La doctora no sabe que usted viene a verla. Ella es muy querida y respetada en este sitio. Haga lo que le digo. ¿Me entiende? —dijo Fisher.

—Entendido. —dijo Lucas.

3 EL ACUERDO

Al día siguiente, en el aeropuerto de Miami, Antonio Monet regresaba de un viaje en el Medio Oriente. Antonio tenía un corte tipo italiano, pelo marrón oscuro y una sonrisa perfecta. A su llegada lo recibieron sus guardaespaldas quienes lo llevarían hacia una camioneta blindada donde lo esperaba Marcela Corning. Marcela era una mujer de tez blanca, pelo rubio y ojos claros. Ella le gustaba darse buena vida y era muy perspicaz en el ámbito de la compra y venta de acciones. Una mujer de mirada penetrante, calculadora, pero a su vez muy sensual por demás. Su adicción principal eran los zapatos.

Ambos se dirigieron hacia una mansión localizada fuera de la ciudad propiedad de la empresa Genbiolife en la cual labora Marcela. Allí les esperaban algunos empresarios de distintos países de Latinoamérica. Marcela y Antonio se dirigieron al salón comedor donde les esperaban sus invitados. Un mayordomo los recibió y les dio la bienvenida. Luego, Marcela se adelantó a saludar a sus invitados.

—¡Bienvenidos todos! Me acompaña el señor Monet, quien ha aceptado ser nuestro nuevo socio. —dijo Marcela.

Un invitado levantó su copa y otros dos saludaron moviendo su cabeza en forma de aceptación. El mayordomo continuó sirviendo el champagne junto con los otros empleados. Unos músicos con sus violines deleitaron con varias piezas musicales la actividad. Al terminar la música, Antonio se sentó en una de las sillas que encabezaban la mesa y Marcela se sentó al lado opuesto.

—¿Podemos empezar? —preguntó Antonio.

—Vamos a cenar y luego pasaremos al salón sur a discutir nuestros acuerdos. México, España y Colombia, ya les tengo listos los maletines con los dispositivos de muestra. Estos dispositivos de rastreo son los más avanzados en tecnología en el mundo. Ustedes, como empresas aseguradoras, podrán suplirse de nosotros con un producto innovador y el de más rápido rastreo en el mercado. —dijo Marcela.

Los empresarios aplaudieron y festejaron su nuevo negocio con la empresa que representaba la señorita Corning. Dos horas más tarde los empresarios se despidieron y se fueron con sus respectivos maletines. Cada cual se alejó en sus lujosos coches manejados por su guardaespaldas.

En el balcón de la mansión, se encontraban Antonio, Marcela y, en uno de los costados, estaba un mesero en espera de recibir órdenes de Marcela.

—No nos volveremos a ver en la mañana; así que quiero pasarla bien esta noche contigo. —dijo Antonio.

—No pierdes el tiempo ni tus encantos desde la universidad. Siempre me has gustado mucho. Tú lo sabes muy bien. —dijo Marcela.

—De porrista a empresaria te ha ido muy bien. No te puedes quejar. Te ves impecable. Me gustaría que la pasáramos bien esta noche. ¿Y tú? —preguntó Antonio.

—¡Eres totalmente insaciable! —dijo Marcela—. Dejando la copa de champagne en el borde del balcón.

Antonio toma por la cintura a Marcela y la besa por el cuello. Marcela se deja seducir.

—Tú no te quedas atrás. —dijo Antonio.

—Cada negocio que se complete te lo compensaré muy bien. Vamos a mi habitación. Allí estaremos cómodos. —dijo Marcela.

—¡Así me gusta! —exclamó Antonio.

Antonio y Marcela caminaron hacia la habitación y allí saciaron durante la noche sus incontrolables deseos.

4 EN LA MORGUE

Marc había ingresado al Servicio Secreto a insistencias de Lucas, su amigo de la infancia. Él dominaba muy bien las leyes y la política. Era muy organizado y disciplinado. Este no perdía detalle alguno para mantener la situación bajo control, lejos de escándalos públicos. Lucas era un agente que conocía de tecnología, terrorismo y de armas, tal es así, que había sido uno de los mejores estudiantes de la academia. Este siempre participaba en operativos de alto riesgo. Marc tenía plena confianza en su amigo y era el único que podía completar la misión sin poner en riesgo la vida de la doctora Miller.

Temprano en la mañana en el laboratorio, Marc, para no perder el mínimo detalle, fue a investigar algunos cadáveres provenientes del barco de turismo. Como es requisito, Marc estaba vestido con la ropa de seguridad utilizada en los laboratorios para protegerse de los contaminantes biológicos. Uno de los microbiólogos, llamado Frank, estaba acompañándolo en ese momento. El lugar era frío y estaba lleno de mesas de metal; algunos cadáveres estaban dentro de unas cápsulas plásticas con filtros especiales para evitar la contaminación por escape de algún virus y algunos equipos especializados para completar las debidas autopsias. En las paredes había unos monitores para detectar virus, con una alarma de emergencia programada para sellar en forma automática el lugar en caso de una fuga.

—¿A todas las víctimas les ocurren esto? —preguntó Marc—. Caminando entre los cadáveres llenos de hematomas.

—Sí señor. —dijo Frank.

—Espero que mi amigo me traiga a la doctora pronto. —dijo Marc.

—Estamos manteniendo a los cadáveres aislados como lo pidieron. Nunca habíamos visto algo parecido. Las muestras de sangre y tejidos se están procesando y guardando la información hasta que llegue la doctora Miller. Como usted puede observar, alrededor tenemos el lugar asegurado. —dijo Frank.

—¿Usted conoce a la doctora? —preguntó Marc.

—Realicé algunos experimentos con ella. Siempre he seguido sus publicaciones. —dijo Frank.

—Espero que sea tan buena o mejor que el doctor Morgan. —dijo Marc.

—Fue su mejor estudiante. Ella sabe muchos secretos de la investigación del doctor. Desde que murió su novio hace varios años, se fue a una pequeña Isla a trabajar. Nadie ha sabido de ella. Recibimos los datos y resultados de sus investigaciones y nada más. —dijo Frank.

—Espero que la doctora coopere con esta investigación. Ya enviamos a alguien a buscarla. Un ex marino del ejército se encargará de llevar a mi agente hasta donde se encuentra ella. Si se niega, nos encargaremos de traerla, incluso de ser necesario. —con una mirada seria—. ¡Oiga!, si por casualidad logra contactarse con ella, avíseme de inmediato. A la salida de aquí, le daré mi número telefónico. —dijo Marc.

—Le deseo mucha suerte con ella. Es una persona muy determinada. —dijo Frank.

—¿A qué se refiere? —preguntó Marc.

—La han ido a buscar muchas veces y nadie ha tenido éxito. Ella se aferró a vivir aislada y hasta que ella misma no lo decida no la veremos por aquí. —dijo Frank.

—Ya veremos. —repuso Marc.

—Señor, ¿en que más le puedo servir? —preguntó Frank.

—Van a llegar otros doctores y científicos a apoyarnos en esta misión. Quiero que se encargue que estén cómodos y que les provean todo lo que sea necesario. Estamos en una situación muy delicada. ¿Usted, me entiende? —dijo Marc.

—No se preocupe. Voy a estar al tanto de que se les provea lo necesario para que puedan llevar a cabo los servicios adecuadamente y a tiempo. —dijo Frank.

—¡Excelente! —exclamó Marc.

5 EN LA ISLA

Subiendo la montaña se encontraban Lucas y Fisher. La vista hacia el mar era espectacular. Sin embargo, el camino era muy espeso debido a la maleza que había crecido por las numerosas lluvias. Para llegar a donde estaba la doctora Miller había que caminar varias horas entre la maleza y pasar un riachuelo. Detrás de la montaña se encontraba el lugar donde la doctora tenía su edificio del laboratorio y su residencia.

—Pronto vamos a llegar. Ve aquel edificio de dos niveles. Allí está el edificio del laboratorio. —dijo Fisher—. Señalando el lugar.

—Ni modo hay que seguir caminando. Estas hormigas voladoras me tienen loco. —dijo Lucas—. Se rasca el cuello.

—Hágase una mascarilla con esa ceniza que tiene cerca de sus pies y póngala en su cara. Así mañana no tendrá la cara con picadas. —dijo Fisher.

—Maestro, espero que esto funcione. —dijo Lucas.

—¡Cómo no! Todos los gringos son iguales. No confían. —dijo Fisher.

—Listo. Sigamos. —exclamó Lucas

Horas más tarde, Lucas y el Fisher llegaron al edificio del laboratorio de la doctora Miller. El mal tiempo había pasado. El edificio del laboratorio estaba construido con paredes de hormigón y cristales templados. Al lado del edificio, se encontraba la residencia que conectaba mediante un pasillo en cristales al edificio del laboratorio. A la distancia, se podía ver una antena de comunicaciones en una montaña en la costa. Los alrededores estaban adornados con pequeños jardines donde los helechos silvestres, arbustos y rosas daban un toque especial al lugar. Además de las palmas decoradas con orquídeas.

—No toque nada por favor. A la doctora le gusta mantener sus cosas ordenadas. Me parece que ella debe estar en el riachuelo. —dijo Fisher.

—¿Hacia dónde queda el riachuelo? —preguntó Lucas.

—Debe bajar las escaleras y lo encontrará siguiendo el camino más adelante. —dijo Fisher—. Señalando hacia el lugar.

—Regreso en un instante. Espéreme aquí en lo que regreso con la doctora. Verá que este gringo no es tan tonto como usted piensa. —dijo Lucas.

—¡Claro! Ni modo. Los estaré esperando aquí. —dijo Fisher.

—No me falle, ya que me enseñó el camino y lo puedo encontrar. —dijo Lucas.

—Todos los gringos son iguales. Se creen que se las saben todas. —repuso Fisher.

Lucas salió por la puerta hacia el riachuelo. Este iba abriendo camino con su machete, en dirección hacia el lugar donde se encontraba la doctora Miller, sin tener la más remota idea de cómo regresar. Se dejó llevar por su brújula en el reloj de mano. Una suave lluvia caía. Minutos más tarde, llegó al riachuelo y alcanzó ver una mujer bañándose.

Lucas, con mucha cautela, observó con detenimiento a la mujer en bikini negro. Este se quedó sorprendido con la figura espectacular de aquella mujer, una piel un poco dorada por el sol y su pelo recogido con varias trenzas. Se veía totalmente diferente a la foto que le habían provisto. Él decidió acercarse hacia ella y, sin darse cuenta, resbaló y cayó al riachuelo. La doctora Miller se asustó y se volteó. Tomó un palo de madera para defenderse.

—¿Quién demonios es usted? —preguntó Pamela.

—Soy Lucas Maxwell y vine por usted. ¿Es usted la doctora Miller? —preguntó Lucas.

—¿Que rayos quiere de mí? —preguntó Pamela.

—Vine con Moisés Fisher hasta aquí a buscarle. Fisher me indicó el camino, pero se quedó en el edificio del laboratorio. Yo caminé hasta aquí, para poder hablar con usted. Tenemos una situación de emergencia y el Servicio Secreto requiere de su presencia. –dijo Lucas.

–Nadie me mueve de aquí. El Servicio Secreto se puede ir al diablo. –dijo Pamela.

–El doctor Morgan está grave y necesitamos de su ayuda. Es usted la única persona en la que el doctor confía y la única que conoce sobre sus experimentos. –dijo Lucas.

–¿Qué le pasó a Morgan? –preguntó Pamela.

–Lo atacaron a golpes y está en un hospital militar. –repuso Lucas.

–¡Rayos! –exclamó–. ¿Usted se va a quedar ahí como un tonto? Sígame. –dijo Pamela.

–Si baja ese palo de madera, la seguiré. –dijo Lucas.

–Usted se cree muy listo. Fisher le tomó el pelo con esa mascarilla. Tome estas hojas y sígame. –saliendo del riachuelo–. Allí en el edificio del laboratorio lo ayudaré a quitársela. –dijo Pamela.

Lucas toma las hojas y caminó detrás de ella hacia el edificio. Al llegar al mismo, Fisher estaba durmiendo en el exterior, entre dos palmas, en una de las hamacas.

–¡Adelántese! Vaya a la cocina y siéntese allí. –señala la residencia–. No me tomará mucho quitarle lo que tiene en la cara. –exclamó Pamela.

–Necesito que usted regrese conmigo a los Estados Unidos. –dijo Lucas.

—Eso lo veremos. —repuso Pamela.

Pamela entra a la residencia, toma un frasco y mezcla las hojas con unos aceites, se acerca a Lucas.

—Le agradezco lo que está haciendo. —dijo Lucas.

—No tiene por qué. No es el primer tonto que le pasa esto. —dijo Pamela.

—Ya entendí. Mejor me mantendré callado. —dijo Lucas.

Pamela va quitando la mascarilla y se da cuenta de aquel hermoso rostro varonil, con ojos claros y una suave barba. De repente, deja de limpiarle la cara a Lucas.

—Ya terminé. Lávese la cara, en aquella vasija hay agua; límpiese, en lo que despierto a aquel canalla. —dijo Pamela—. Mirando hacia el exterior a través de uno de los ventanas.

—Gracias. —dijo Lucas.

—Ahí hay frutas que puede comer, si desea. —dijo Pamela.

Pamela sale de la residencia para buscar a Fisher. Ya era tarde y estaba comenzando a oscurecer. Esta sujeta una hoja de una planta de bananas, llena de agua, la acomoda y se la vierte en la cabeza a Fisher.

—¡Qué haces! —dijo Fisher—. Cae de la hamaca.

—¿Por qué diablos traes a este tipo? —preguntó Pamela.

—Pamela, yo necesitaba el dinero y usted tiene que salir a ver un poco del mundo. —dijo Fisher.

—¿Vas a seguir insistiendo? Mi padre amaba este lugar. Además, mi vida la decido yo. —dijo Pamela—. Molesta, cruzada de brazos.

—Desde que tu novio murió, te has encerrado aquí. Tienes que irte y volver a empezar. Eres muy joven, guapa e inteligente. Tienes toda una vida para volver a soñar. —dijo Fisher.

—¿Crees que no lo he pensado? —se colocó las manos en la cintura y mira hacia la costa—. Pero tienes razón, debo irme a ayudar al doctor Morgan, ha sido como mi padre, pero luego regreso aquí. Nadie va a tocar mi residencia y tampoco mi laboratorio. ¿Entiendes? —exclamó Pamela.

—Entendido. Sabes, te traje unos pescados de los que te gustan. —exclamó Fisher.

—Viejo, eres un amor cuando te lo propones. —dijo Pamela.

—Hija, seré bruto, pero te quiero mucho. Además, ese gringo me cae bien. Sabe seguir instrucciones. —dijo Fisher.

—¡Claro! Le tomaste el pelo. —dijo Pamela.

—Te diste el gusto de limpiarle la cara gracias a mí. ¡Agradécemelo! —dijo Fisher.

—Vamos, viejo payaso, a ver cómo te quedan estos pescados. —dijo Pamela.

Fisher entró a la residencia y le tiró los pescados a Lucas en la mesa.

—A ver gringo. ¿Sabes limpiar pescados? —preguntó Fisher.

—Sí. También sé cocinarlos. —dijo Lucas.

—Pues, avancemos a limpiarlos, mañana nos regresamos a la civilización. —dijo Fisher.

—¿Regresamos todos? —preguntó Lucas.

—Este viejo pescador me convenció que me fuera un tiempo. —parada en la puerta—. Regresaré luego que Morgan se recupere. —dijo Pamela.

—Gringo, naciste con suerte. —exclamó Fisher.

Lucas saca la navaja que tenía en el bolsillo para limpiar los pescados. Sin querer se corta un dedo. Pamela reacciona, se acerca a él y le aprieta el dedo que estaba sangrando.

—Creo que estoy fuera de forma. —dijo Lucas.

—¿En serio estás en el Servicio Secreto o quién rayos te mandó? —preguntó Pamela

—Sé cuidarme solo. Gracias por la ayuda. —dijo Lucas.

Pamela deja de oprimirle el dedo a Lucas.

—La comida estará pronto. —interrumpe—. Gringo, ven conmigo para que me ayudes con esto. —dijo Fisher.

—Enseguida le ayudo. —exclamó Lucas.

—Yo iré a cambiarme. —dijo Pamela.

Media hora después, la cena estaba lista. Fisher fue a buscar a Pamela. Lucas estaba sentado a la mesa esperando para cenar. Pamela salió de su habitación con unos pantalones cortos, una camisilla de manguillos y el pelo suelto. El bronceado del día le hacía resaltar más sus grandes ojos, su piel sedosa y sus hermosos labios. A ella le gustaba nadar y mantenía unas piernas bien formadas. Esta se sentó a la mesa rústica frente a Lucas. Entonces, Fisher tomó un pescado, unas frutas y se va afuera a comer.

—No creas que porque vivimos en este lugar somos incivilizados. Veo que Fisher te colocó esos hilos rojos en la muñeca. —dijo Pamela.

—Usted también lo trae. Creo que me lo quitaré cuando usted cumpla con tu parte. —dijo Lucas.

—Se cree muy gracioso con sus comentarios. —exclamó Pamela.

—Si tenemos que trabajar juntos, ya somos considerados una pareja en el Servicio Secreto. Así que debemos llevar la fiesta en paz. ¿Está usted de acuerdo? —dijo Lucas.

—Muy bien, hasta que se cumpla este trabajo. Ahí dejaré de verlo y cada cual en lo suyo. —repuso Pamela.

—Trato hecho. —dijo Lucas.

Lucas le extendió su mano para cerrar el trato. Pamela lo miró a los ojos.

—Es un trato. —dijo Pamela—. Le extiende la mano para cerrar el trato.

Al terminar de cenar cada cual se fue a su habitación, pues, al día siguiente había que partir temprano. Fisher le indicó a Lucas una de las habitación de huéspedes que podía utilizar. Minutos después, este observó por la ventana a Fisher, quien estaba verificando el perímetro, luego este entró a la residencia. Esa noche ambos se mantuvieron desvelados, ya que su intuición los llevaba a proteger a Pamela.

Al otro lado de la residencia, Pamela estaba parada en la ventana con un camisón de dormir mirando hacia la costa. En sus pensamientos, recordó los momentos felices que pasó junto a su novio y las muchas promesas de amor que ambos se hicieron. Ella sabía que tenía que regresar y dejar ese pasado doloroso a un lado, puesto que el momento había llegado.

La luna iluminaba la costa. Esa noche llovió un poco. La brisa se sentía fresca y pura. El olor a mar era relajante. El ruido de las olas era como un susurro a los oídos.

6 COMPLICIDAD

Marc se encontraba tomando un café en la habitación del hotel esperando noticias de su amigo Lucas. De pronto, tocan a su puerta. Coloca la taza de café en una mesa.

—¡Adelante! —exclamó Marc.

—Señor, hemos recibido información sobre unos movimientos de acciones con ciertas empresas de Latinoamérica. Esto puede interesarle. Tenemos algunas fotos que le van a interesar. —dijo Santiago.

—Por favor, siéntese. Muéstreme esas fotos. ¿Qué más investigó? —preguntó Marc.

—Una camioneta negra recogió a Antonio Monet en el aeropuerto. Este es un epidemiólogo muy reconocido en Europa. Pero ese no es su verdadero nombre. Según los datos personales, su nombre es

Damián Rosso. Él estuvo involucrado en un caso, en el cual se acogió al plan de protección para testigos. Fue ayudante del laboratorio del doctor Morgan. Ha levantado una fortuna en muy poco tiempo. –dijo Santiago.

–¿Qué tiene que ver él con este asunto? –preguntó Marc.

–Las fotos tomadas muestran a través del satélite la camioneta negra, que transportaba a Antonio Monet, hacia una residencia en Miami que, pertenece a la empresa Genbiolife. Se cotejaron las tablillas de los demás coches y pertenecen a varias empresas relacionadas con seguros de vida.

–¿Qué más sabe del tal Antonio Monet? –preguntó Marc.

–Sus ideas radicales y sus proyectos con medicamentos experimentales hizo que se ganara la empatía de sus colegas en Europa. Sin embargo, se dice que está muy bien conectado con el Oriente Medio. Algunos informantes indican que también está relacionado al narcotráfico de medicamentos no controlados en América del Sur. –dijo Santiago.

–¿Algo más? ¿Verificó las agendas del doctor Morgan? –preguntó Marc.

–Sí. El doctor Morgan recibió llamadas provenientes de Europa durante las pasadas tres semanas. Las estamos investigando. Ya se interceptaron las cuentas de banco. A partir de eso, no tenemos nada más por ahora. –dijo Santiago.

—Buen trabajo. Siga investigando. Tenemos que movernos rápido antes que esto se convierta en una situación de emergencia. Quiero que sigan investigando todo lo relacionado al doctor Morgan. Además, quiero un informe detallado del juez federal, llamado Robert Jackson. Investiguen qué relación existe entre el juez y estas compañías. No dejen ningún rastro sin investigar. Lo dejo todo en sus manos, teniente. —dijo Marc.

—Así será. Ya tenemos todo el equipo técnico acuartelado como usted lo pidió. Estamos recibiendo cooperación de nuestros enlaces en diferentes puntos estratégicos. —dijo Santiago.

—Perfecto. No olvide rastrear la sangre del hombre que atacó al doctor Morgan. —dijo Marc.

—Seguimos investigando. Lo mantendré informado. —dijo Santiago.

Marc verifica su teléfono celular para ver si Lucas le había enviado algún mensaje. Luego, se sentó en el escritorio de la habitación a revisar los correos electrónicos.

—Solo deseo que Lucas haya logrado conseguir a esta doctora. El doctor Morgan está sedado y con ese pulmón afectado no será posible resolver este asunto tan rápido —dijo para sí.

Entonces, Marc agarró el teléfono celular y llamó al hospital donde se encontraba el doctor Coleman.

—Le llamo para saber cómo sigue el doctor Morgan.

—Él está bajo los mejores cuidados; pero a consecuencia de los golpes recibidos tiene varias costillas afectándole el pulmón. —dijo Coleman.

—Sí. Ya lo sé, pero puede hablar. Necesito interrogarlo. —dijo Marc.

—Va a poder interrogarlo, pero le advierto que el doctor Morgan no puede esforzarse mucho. Es un hombre mayor y su estado es de sumo cuidado. Tiene que recibir oxígeno constantemente. Vamos a hacer lo posible para que lo puedan interrogar. El paciente deberá estar más estable en las próximas veinticuatro horas. —dijo Coleman.

—Tiene veinticuatro horas. Mi equipo no puede esperar mucho. Es un testigo vital en la investigación que estamos llevando acabo. Este testigo es prioridad para mantener la seguridad de nuestra nación. Bajo ningún concepto, lo dejen sin las atenciones y la seguridad que requiere. Lo hago responsable de lo que le pase. —dijo Marc.

—Descuide, esto es un hospital militar. Tenemos a los doctores y enfermeras atendiéndolo en todo momento. Le informaré al otro doctor de turno para que conozca la situación y le dé la prioridad necesaria. —dijo Coleman.

—Excelente. No esperaba menos. Manténgame informado en todo momento. —dijo Marc.

—Sí, señor. —dijo Coleman.

Marc, termina la llamada.

7 SOBORNO

En un edificio en las afueras de la ciudad de Miami, se encontraba el juez Robert Jackson. La estructura del edificio era en acero, porque en el pasado era utilizado para almacenar químicos. Sin embargo, la empresa VPS lo adquirió hacía cinco años. El lugar siempre estaba custodiado por hombres armados. Las entradas y salidas estaban controladas por Flavio Denti, la mano derecha de Antonio Monet.

En el edificio, se había construido clandestinamente un laboratorio de Biotecnología. Los equipos instalados en el lugar eran los más complejos del mercado. El edificio constaba con un sistema sofisticado de comunicaciones y de seguridad. Las áreas del laboratorio estaban diseñadas en paredes blancas con cristales templados y puertas automáticas, que abrían y cerraban con sensores de movimiento. Los pisos del edificio poseían varias cabinas de seguridad custodiadas por guardias armados. En varios de los pisos, se podía observar las neveras del laboratorio, microscopios, monitores y el personal laborando. En el otro piso estaba el área de las muestras de cultivos, la cual era altamente protegida y controlada. Solo personal, con acceso al código de seguridad, tenía la autorización para manejar las muestras.

El juez se encontraba en el sótano del edificio en una habitación custodiada las veinticuatro horas. Un guardia de seguridad rondaba por el pasillo. En el interior de la habitación, el juez no paraba de caminar tratando de contener sus nervios ante las cuatro paredes sin ventanas. Es, entonces, cuando Flavio Denti aparece por uno de los pasillos y se dirige hacia el guardia que estaba frente a la puerta de la habitación.

—Abra la puerta de inmediato. —dijo Flavio.

—Sí, señor. —dijo el guardia—. Saca las llaves y abre la puerta.

—Señor juez, me parece que se encuentra muy incómodo en este lugar. —dijo Flavio.

—¿Hasta cuándo me van a tener aquí? —preguntó el juez.

—Su estadía va a ser corta, pero placentera, si coopera. —dijo Flavio.

—¿Qué quiere saber? —preguntó el juez.

—Necesito que llame a su sobrino el fiscal y le dé instrucciones a su cliente para que acepte el arreglo de diez millones. —dijo Flavio.

—¿Y qué pretende usted con eso? —preguntó el juez.

Flavio saca una foto de su bolsillo y se la muestra. Era una foto de la esposa del juez junto a su hijo.

—No tomaremos represalias contra su familia. Digamos que usted aparecerá en un lugar golpeado, pero vivo para contarlo. —le da un teléfono celular—. Solo tiene que cooperar. —dijo Flavio.

El juez muy nervioso llama a su sobrino.

—Thomas, soy tu tío. El acuerdo es que tu cliente acepte los diez millones. —dijo el juez.

—¿Estás bien? —preguntó el sobrino.

—No puedo hablar más. Esta llamada nunca la recibiste. ¿Me entiendes? —dijo el juez.

—¡Maldita sea! Lo voy a hacer por ti. Quiero hablar con ellos. —dijo el sobrino.

—No. No hay tiempo. ¡Chao! —dijo el juez.

Flavio le quita el teléfono celular y le apunta con un arma en la cabeza.

—No haga estupideces. Si coopera, volverá a ver a su familia. ¿Me entiende? —dijo Flavio.

—Entiendo muy bien. Voy a cooperar. —dijo el juez.

—Vendré por usted cuando termine todo esto. —dijo Flavio.

Robert se sienta en el sofá. Al irse Flavio del lugar, Robert irrumpe en llanto, por la desesperación; preocupado en lo que sería capaz de hacer Flavio con su familia. Se golpea la cabeza con las manos en señal de su desesperación. Unos minutos después, este sube la cabeza y mira alrededor buscando poder identificar algo que lo ayudara a escapar; pero todo estaba sellado y fijado fuertemente a la estructura del edificio.

—¡Dios mío, sácame de aquí! —dijo el juez—. Suplicando.

8 EL REGRESO

El día había amanecido soleado, la brisa era estupenda y se escuchaban las aves que moraban en ese lugar de la Isla. Lucas, Fisher y Pamela se dirigieron temprano hacia la orilla de la playa. En un pequeño muelle se encontraba el bote de dos motores, que era propiedad de Pamela. Ese bote había pertenecido a su padre Phillip Miller. Ella, desde pequeña, había disfrutado en ese bote momentos de su juventud muy hermosos junto a su familia.

Fisher se anticipa y sube al bote. De igual manera, Lucas se adelanta y ayuda a Pamela a subirse por uno de los lados del bote. En un movimiento rápido, Lucas tira su mochila, se voltea y suelta las sogas que lo aseguraban. Entretanto, Pamela verifica con Fisher los motores y los controles.

—Ya estamos listos. Podemos partir. —dijo Fisher.

—El mal tiempo ya pasó. Espero que esta vez pueda tolerar el viaje. —dijo Pamela.

—Si se refiere a mi viaje de llegada, creo que esta vez el regreso va a ser más placentero. —dijo Lucas.

—Gringo, usted no nació para ser marino. —dijo Fisher.

—Ubíquese bien, no sea que se caiga por la borda. —dijo Pamela—. Arranca el bote.

—¿Aquí todos manejan así? —preguntó Lucas.

—El mar no es su fuerte, ¿verdad? —dijo Pamela.

—No lo es, pero mi trabajo me lo exige y debo de cumplir. —dijo Lucas.

—Cuando lleguemos a la orilla, me encargaré de conseguirle un taxi para ambos. —dijo Fisher.

—Te dejo a cargo del edificio del laboratorio y mis pertenencias. —mirando a Fisher—. A mi regreso quiero todo en orden. —dijo Pamela.

—¿Cuándo le he fallado a usted? —dijo Fisher.

—Hasta el momento, nunca. —dijo Pamela.

Lucas continuaba observando cómo Pamela maniobraba el bote. El mar azul y el sol estaban resplandecientes. A la distancia se podía observar la Isla grande y algunos botes alrededor.

Pamela condujo el bote hasta uno de los muelles donde siempre lo dejaba a cargo de un joven llamado Pedro. Este le daba mantenimiento al bote y se encargaba del mismo, hasta que la doctora regresaba de completar sus diligencias.

Fisher bajó del bote para avisarle a Pedro y, luego, ir a buscar algún taxista. Lucas se bajó inmediatamente después de Fisher. Este tiró su mochila a un lado del muelle y se dispuso a amarrar el bote a uno de los postes. De repente, Pamela trató de bajar del bote, pero Lucas ágilmente se adelantó y le ofreció su mano para ayudarla a bajar.

—¡Gracias! —dijo Pamela.

—No hay por qué. Eh, debo hacer una llamada. ¿Le importa? —preguntó Lucas.

—No. De ninguna manera. —dijo Pamela.

Lucas intentó comunicarse con Marc. La llamada se interrumpió, enganchó e intentó de nuevo comunicarse con Marc. Entonces, la llamada cayó al buzón de voz.

—Vamos de camino. Enviaré un mensaje a tu correo electrónico con el número de vuelo. —Dejó mensaje al correo de voz—. Lucas continuó ocupado en el teléfono celular haciendo los arreglos del vuelo por internet.

Pamela se sentó en uno de los postes del muelle admirando la belleza a su alrededor. Fisher regresó al muelle y se dirigió hacia Pamela.

—Ya tengo el taxista y los está esperando. Hija, sabes que te quiero mucho. —dijo Fisher.

—Lo sé. Fuiste el mejor amigo de mi padre y eres aquí mi única familia.

No te preocupes. Espero estar de regreso pronto. —dijo Pamela.

—Ya hice la reservación de los pasajes para que salgamos en una hora.

—dijo Lucas—. Interrumpe.

—Muy bien, pues vámonos. —dijo Pamela.

Lucas se dirigió al taxi y Pamela le siguió al lado. Ambos entraron al taxi y el conductor encendió el motor. En el camino, Lucas continuó enviando mensajes en su teléfono celular, en el ínterin Pamela lo observó de vez en cuando.

A la llegada al aeropuerto, ambos bajaron del taxi y se dirigieron a uno de los terminales. Lucas aprovechó y utilizó el sistema expreso para sacar los boletos de avión que los llevaría a Estados Unidos. Entretanto, Pamela aprovechó y compró unas revistas, en lo que Lucas organizaba todo lo relacionado al viaje. Al fondo, se escuchó el sistema de sonido anunciando a los pasajeros que abordaran el avión.

Pamela se acercó a Lucas con una mochila pequeña que acababa de adquirir en una de las tiendas. Allí guardó sus revistas, el pasaporte que guardaba en uno de los bolsillos de su pantalón, junto con su licencia y otras tarjetas.

—¿Está usted lista? —preguntó Lucas.

—Muy lista. Vámonos. —dijo Pamela.

—Después de usted. —respondió Lucas.

Ambos abordaron el avión que tardaría varias horas en llegar a su destino. El vuelo era placentero, pues, iba libre de turbulencias. Solo se sentía a las azafatas atendiendo tranquilamente a los pasajeros. Pamela aprovechó para dormir, mientras Lucas observaba de vez en cuando a través del cristal del avión.

Al lado, en otros asientos del avión donde se encontraban ambos, estaba una pareja de esposos disfrutando y compartiendo fotos de su viaje. En un instante, Lucas se remontó a recordar a su esposa y su viaje de bodas. A este se le aguaron los ojos al recordar aquel terrible accidente que le costó la vida a su hija y a su esposa. Secó sus lágrimas y se acomodó los audífonos para escuchar música y tratar de olvidar ese terrible momento que lo marcó para siempre.

El avión aterrizó en el aeropuerto donde lo estaría esperando Marc. El lugar estaba vigilado por el Servicio Secreto para evitar que Pamela Miller fuera agredida o atacada. Marc había coordinado la estrategia para pasar desapercibidos entre los pasajeros que llegaban al aeropuerto. Pamela era pieza clave en esta investigación. Al igual que su padre, Pamela realizaba trabajos al Servicio Secreto, pero de menor riesgo. Así podía gozar de las facilidades que le proveía la pequeña Isla a cambio de estos pequeños trabajos.

—Doctora, despierte. Ya llegamos. —dijo Lucas.

—Me quedé totalmente dormida. Hacía tiempo que no viajaba. —dijo Pamela.

—Nos están esperando. Vamos directo al hospital donde está recluido el doctor Morgan. Recuerde que es muy importante que el doctor diga lo que sabe. —dijo Lucas.

—Entiendo. Vamos que para luego es tarde. —dijo Pamela.

9 EL PLAN

Antonio Monet se subió a un helicóptero que lo llevaría hasta el edificio donde se encontraba el juez. A su llegada, lo estaba esperando Flavio Denti.

—¿Cómo le fue el viaje? —preguntó Flavio.

—De maravilla. —dijo Antonio.

—Le tengo todo listo. El juez está cooperando y los científicos están trabajando los cultivos. Ya logramos el primer lote. Los guardamos en las neveras en espera de que nos diga qué hacer con ellos. Los dispositivos que ordenó Marcela también están listos. —dijo Flavio.

—Excelente. Quiero ir a cotejarlos personalmente. Esta vez no se nos puede ir ni un solo detalle. —dijo Antonio.

—Tiene una junta en par de minutos. Los socios lo están esperando en el salón de conferencias. El que está frente a su oficina. —dijo Flavio.

—Tranquilo, que esto lo voy a manejar muy bien. No podemos perder mucho tiempo en juntas inútiles. Después de la junta, paso a los laboratorios. Quiero los datos e informes en mi oficina en dos horas. —dijo Antonio.

Flavio y Antonio caminaron hasta el edificio. En el recibidor la recepcionista los saludó y les entregó un maletín. Ambos caminaron hasta el ascensor y subieron al piso tres.

—Le tendré todo listo como me indica. —dijo Flavio.

Antonio entró al salón y saludó a todos los socios. Luego, tomó una computadora y entró el código secreto. De pronto, la pantalla en la pared reflejó el mapa del mundo con diferentes puntos rojos.

—Como verán, nuestro plan para distribuir los dispositivos ya está planificado y organizado en otros países. Tenemos estos mercados identificados y se activarán los diferentes puntos de distribución en secuencias separadas. No podemos atacar todo el mercado a la vez, pues, a nadie le conviene. —sonríe irónicamente—. ¡Todo a su tiempo! —dijo Antonio.

Marcela entró e interrumpió en el salón de conferencias.

—¿Quién lo asegura? —preguntó Marcela.

—Hemos atacado el punto más débil de Estados Unidos. Según los informes, el doctor Morgan está grave en un hospital militar. Él es el único que no quiso asociarse y recibió su merecido. De salir vivo, ya nuestro plan estará en vigor y ni él ni nadie podrán pararnos. –dijo Antonio.

–Tenemos que actuar rápido, ya que algunos cadáveres los están evaluando el Servicio Secreto. Me parece que debemos comenzar a activar los dispositivos al azar en varios países e implantar más rápido el plan. Nuestros activos comenzarían a fluir sin levantar mucha sospecha. –dijo Marcela.

–Tiene razón la señorita Corning. Debemos comenzar de inmediato. Sugiero que comencemos con los clientes que tenemos en Colombia y, luego, México. –dijo Antonio.

–Yo estoy de acuerdo. ¿Y ustedes? –dijo Marcela.

–Me parece muy bien. –uno de los socios se levanta–. Hemos esperado cinco años para estar listos y ya lo estamos. –dijo uno de los socios.

Los demás socios mueven sus cabezas en señal de aprobación.

–Si me disculpan, voy a hacer las llamadas desde mi despacho. –mira su reloj–. Estaré en contacto con ustedes luego que termine las llamadas. –dijo Antonio.

Ya terminada la junta, los socios se levantaron para regresar a sus oficinas, que estaban en el mismo edificio. Marcela salió del salón y se fue caminando hasta la oficina de Antonio.

—Si pensabas que ibas a manejar esto solo, te equivocaste. —dijo Marcela.

—Siempre eres una sorpresa en mi vida. Nunca has dejado pasar ni un detalle. Eres muy astuta. —dijo Antonio.

—No intentes sacarme del negocio. Esto lo venimos planificando hace años. Tú y yo hemos vencido muchos obstáculos que nos han costado mucho dinero. —dijo Marcela.

—En eso tienes razón. Como bien dices, —se sirve una copa de whisky—. nos ha costado muchísimo. —dijo Antonio.

—¿Aún piensas en aquella mujer con la que estabas comprometido? —preguntó Marcela.

—No. Ni la recuerdo. Pasado es pasado. Lo que importa es el presente. El presente siempre lo ocupas tú. —dijo Antonio.

—Termina tus llamadas. Te espero en los laboratorios. —dijo Marcela.

—Bajo dentro de un rato. —dijo Antonio.

Marcela se alejó y se fue de la oficina. Antonio comenzó a comunicarse con sus contactos y a enviar correos electrónicos. El plan había comenzado a implantarse, y esta vez la demanda de los clientes era mayor.

10 LA CASA DEL ÁRBOL

Lucas, Marc y Pamela llegaron al hospital donde se encontraba el doctor Morgan. Al llegar a la entrada de la habitación, Pamela se paró en la puerta y observó a Morgan. Lucas y Marc esperaban fuera de la misma. Ella se impresionó mucho al ver a Morgan.

—Los voy a estar esperando a ambos en la cafetería. —dijo Marc.

—No la descuidaré. Estaré con ella. —dijo Lucas.

Pamela entró a la habitación, se acercó a Morgan y le dio un beso en la frente. Lucas se mantuvo en la habitación cerca de la ventana. El doctor Morgan abrió los ojos y se dio cuenta de la presencia de Pamela.

—Joe, ¿cómo te sientes? —preguntó Pamela.

—Sabía que vendrías. —dijo Morgan.

—Tío, ¿cómo no iba a venir? —le acaricia la cara—. Me moriría si te pasara algo. Desde que papá murió tú has sido mi padre, mi amigo, mi maestro. —dijo Pamela.

—Hija, estoy bien. Este viejo va a salir de aquí. —dijo Morgan.

—Lo sé. Siempre has sido muy fuerte. Pero necesito que me digas, ¿quién te hizo esto? —preguntó Pamela.

—Solo a ti te lo diré. —dijo Morgan.

—Lucas, ¿nos puedes dejar a solas? —preguntó Pamela.

—Doctora, sabe que no lo puedo hacer. —dijo Lucas.

—¡Por favor, confíe en mí! —dijo Pamela.

—Muy bien. Estaré fuera si me necesitan. —dijo Lucas.

—¡Gracias! —dijo Pamela.

Lucas sale de la habitación y cerró la puerta. Este se quedó en el pasillo esperando a Pamela.

—Hija, esto es muy peligroso. El virus que descubrió tu padre lo quieren utilizar en experimentos con humanos. Me negué rotundamente a eso. —dijo Morgan.

—¿Quiénes son ellos? —preguntó Pamela.

—Ellos te pueden estar buscando. De la única forma que podías llegar salva y sana a mí era con la ayuda y la protección del Servicio Secreto. —dijo Morgan.

—No te fatigues. No te esfuerces. ¿Por eso me mandaste a buscar? —preguntó Pamela.

—La única que conoce ese virus de la muerte, tanto como yo, eres tú. Busca en la casita del árbol mis anotaciones. Te tienes que adelantar a ellos. —dijo Morgan.

—¿A qué te refieres? —preguntó Pamela.

—Hay que obtener el antídoto. Estaba muy cerca de lograrlo cuando me atacaron. —dijo Morgan.

—Aún no me dices quiénes son. —dijo Pamela.

—Ve al árbol. —dijo Morgan.

—¡Tranquilo!, ¡tranquilo!, tienes que ponerte bien. Te pondré la mascarilla. ¡Relájate! —dijo Pamela.

Al notar que el doctor perdía la respiración y aumentaba el sonido del monitor, Lucas y el doctor de turno entraron a la habitación. El doctor verificó el monitor, sacó una jeringuilla e inyectó a Joe un medicamento para relajarlo.

—Doctora, ¿está usted bien? —preguntó Lucas.

—Tenemos que irnos. —dijo Pamela.

—¿A dónde? —preguntó Lucas.

—Llévame a la casa de mis abuelos. Vamos solo tú y yo. No confío en nadie. —dijo Pamela.

—Hija, ve con Dios. —dijo Morgan—. Con voz entrecortada.

—Regresaré por ti. —dijo Pamela.

—Le enviaré un mensaje de texto a Marc que todo está bien. Pero me tiene que decir sobre qué habló con su tío. Es de la única forma que puedo ayudarle y protegerle. ¿Me entiende? —dijo Lucas.

—Sí. Entiendo. Te contaré en el camino. Aún hay muchas cosas por descubrir y la clave está allá. —dijo Pamela.

Lucas envía un mensaje por su teléfono celular a Marc. Pamela le pone su mano izquierda sobre el teléfono y evita que envíe el mensaje.

—No crees que debes enviar el mensaje cuando estemos fuera del hospital. —dijo Pamela.

—Va contra las reglas, pero tiene usted razón. Sabe, tengo un amigo de confianza aquí en el edificio que nos puede ayudar. Venga conmigo. — dijo Lucas.

Lucas y Pamela entraron al ascensor y llegaron al piso donde está el área de la cocina. Ellos ingresaron por la doble puerta de la cocina donde se encontraba Kenshi, vecino y asistente de Lucas.

Kenshi, necesito que me hagas un favor. —dijo Lucas.

Entretanto, Pamela se mantenía al lado de Lucas.

—¿No me presentas? —dijo Kenshi.

—Ella es la doctora Pamela Miller. —dijo Lucas—. Con amabilidad.

—Mucho gusto. —dijo Pamela—. Saluda con la mano a Kenshi.

—Kenshi, necesito me prestes tu camioneta. Te la devuelvo intacta más tarde. —dijo Lucas.

—¡Perfecto! A cambio de que me prestes tu guitarra esta noche. —dijo Kenshi.

—No hay problema, pero me la cuidas mucho. ¿Te pido otro favor? —dijo Lucas.

—¡Claro! Dime. —dijo Kenshi.

—Mi amigo Marc está afuera. No le digas que me viste aún. —dijo Lucas.

Pamela estaba cruzada de brazos, distraída, mirando los platos de comida que se iban a servir. Al lado de Kenshi, estaba una mesa con un sushi listo para servir.

—Cuenta con eso. ¡Y suerte con la chica! —dijo Kenshi.

Lucas se sonríe y le da la mano a Kenshi para cerrar el trato. Este se voltea hacia Pamela, le hace una señal para irse y sale con ella del lugar.

La camioneta de Kenshi tenía los cristales con tintes, sus asientos estaban llenos de hojas con letras de canciones inéditas. La estación del radio siempre estaba en alguna emisora de rock.

Entonces, Lucas abrió la puerta del pasajero para que Pamela entrara a la camioneta. Al abrir la puerta, Pamela miró hacia adentro y se dio cuenta del desorden que había. Ella se sentó y se quedó mirando todo. Lucas encendió la camioneta y salieron del hospital.

—¿Hacia dónde nos dirigimos? —preguntó Lucas.

—La casa está a una media hora de aquí. Hay que seguir por la autopista en dirección norte. Te voy indicando el trayecto en el camino. —dijo Pamela.

—Muy bien. Le estoy enviando ahora el mensaje de texto a Marc. —dijo Lucas.

Marc se encontraba esperando en la cafetería del hospital cuando recibe el mensaje de texto de Lucas.

Marc, al ver el mensaje, dice en voz alta: "Espero que lo que estás haciendo no sea una locura tuya de última hora. Ni modo, tu teléfono celular está rastreado y mis agentes están siguiéndote".

Entonces, Marc recibe una llamada de Frank, el técnico del laboratorio, que está analizando junto al patólogo los cadáveres recibidos de un barco de turismo.

—¿Qué me tiene? —preguntó Marc.

—Le llamo para informarle que ya todos los cadáveres se recibieron en el laboratorio. El patólogo ya tiene la mayoría de los informes preparados. —dijo Frank.

—Ya la doctora Miller está en Estados Unidos. Procure tener todo listo esta noche. En cualquier momento estaremos pasando por los laboratorios. Nadie de los que laboran allí debe saber que la doctora ya regresó. Usted es el único que está informado. No divulgue la información que le acabo de dar. —dijo Marc.

—¡Así será! —dijo Frank.

Marc termina la llamada y se comunica con uno de los agentes que está detrás de la camioneta donde van Lucas y Pamela. El agente William toma la llamada.

—Las vidas de las personas dentro de esa camioneta que persiguen son clave de la investigación que estamos realizando. Protejan con sus vidas de ser necesario a estas personas. —dijo Marc.

—Tenemos la zona protegida y las comunicaciones están interceptadas. Le mantendremos informado de todo. —dijo William.

—Cambio y fuera. —dijo Marc.

Entonces, Marc sale del edificio y se dirige al lugar donde su chofer le esperaba.

—¿A dónde, señor? —preguntó el chofer.

—Vamos a los laboratorios. —dijo Marc.

—Muy bien, señor. —dijo el chofer.

Marc llega al edificio color blanco donde se encontraban los laboratorios. Allí lo estaban esperando los técnicos y el patólogo.

11 LOS DISPOSITIVOS

En el edificio, Antonio salió de su oficina y caminó hacia el ascensor. Se dirigió a los laboratorios para supervisar los trabajos y asegurarse que los científicos siguieran el protocolo para que el producto saliera a tiempo. A un lado, se encontraban Marcela y Flavio con sus batas del laboratorio esperando por Antonio. Al otro lado, un grupo de científicos estaban revisando en las mesas los dispositivos en forma de cápsula.

—Bienvenido a nuestro laboratorio. —dijo Marcela.

—Veo que los socios están muy satisfechos con los dispositivos que vendemos en Europa. —dijo Antonio—. Mirando a los científicos a través del cristal de la pared.

—Sí. Te tengo una sorpresa. —dijo Marcela.

—Me encantan las sorpresa y más si vienen de ti. —dijo Antonio.

–Observa detenidamente este nuevo prototipo que vamos a lanzar. Aquí los archivos personales y médicos están protegidos completamente. Este dispositivo es más fácil de aplicar en cualquier parte del cuerpo. Además, posee estas cavidades especiales para colocar la sustancia que quieras, sin alterar el funcionamiento de rastreo y archivo. Obsérvalo en el microscopio. –dijo Marcela.

–Veo que posee un microchip muy sofisticado, un mecanismo rediseñado y un receptor. –dijo Antonio.

–A diferencia de los otros dispositivos, este tiene una placa. La placa es una compuerta controlada por el mecanismo. La señal que recibe el chip activa el mecanismo. Es una señal única que solo nosotros podemos controlar. –dijo Marcela.

–¡Sabía que lo lograrías! Ahora podemos añadir la sustancia en la cavidad que mantendrá el virus inactivo. Tenemos el poder para activar y liberar el virus. Vamos a tener el control de todo. –dijo Antonio.

–Ahora me entiendes, mi amor. –dijo Marcela.

–Flavio, quiero que le coloques este dispositivo al juez antes que lo suelten. La golpiza debe ser precisa, por el momento, no lo quiero muerto. –dijo Antonio.

–Ya fue confirmado que el fiscal llegó a completar el acuerdo. –dijo Flavio.

—Excelente. Ahora tiren a ese juez lejos de aquí. Después nos encargaremos de él. —dijo Antonio.

—De eso yo me encargo. —dijo Flavio.

—Perdonen que los interrumpa. Luego de aquí me merezco una excelente cena. —dijo Marcela.

—Te invito a cenar hoy a las 8pm. Pero, antes voy a dar las órdenes finales para completar los embarques. —dijo Antonio.

—Voy a llamar a par de accionistas y nos vemos a la noche. —dijo Marcela.

Marcela salió del laboratorio y Antonio regresó a su oficina para continuar con la venta de dispositivos que se estaba llevando a cabo en Colombia y México.

12 LA FAMILIA

Pamela y Lucas llegaron a la casa de los abuelos. Lucas decidió estacionar el coche frente a la casa. Entretanto, Pamela observó la casa y luego sus alrededores. A Pamela le dio mucha nostalgia regresar a la casa de los abuelos después de tanto tiempo. Hacía cinco años que no los visitaba. Lucas quitó las llaves del encendedor del coche y miró a Pamela.

—Pamela, ¿está usted lista? —preguntó Lucas.

—Creo que sí. —dijo Pamela.

—¡Bien! —dijo Lucas.

Pamela caminó junto a él hasta la entrada de la casa. Ella se sonrió, pues, escuchó una música que provenía de adentro de la casa. Lucas intentó abrir la puerta, pero estaba cerrada. Es, entonces, cuando Pamela miró al jardín y buscó un adorno en forma de piedra. Allí, los abuelos gustaban de dejar un repuesto de la llave. Esta sujetó la llave y abrió la puerta. Ambos caminaron hasta la sala, pero no vieron a nadie.

—Espérame aquí un momento. Voy a cotejar las habitaciones. —dijo Pamela.

—No hay problema. Me encantan las fotos familiares. La espero aquí. —dijo Lucas.

Ella subió las escaleras, pero Lucas, disimulando, la observó subir.

Ya en el piso de arriba, Pamela siguió hasta el final del pasillo. La música provenía de la última habitación. La habitación tenía la puerta casi cerrada, pero se podía ver hacia adentro. Se percató que, efectivamente, alguien estaba allí. Abre la puerta suavemente y observó a su sobrina Anna, de veinte años, que estaba en la cama, escribiendo una canción y tocando el piano. Anna estaba de espaldas, pero con el ruido no se daba cuenta de la presencia de Pamela.

—Veo que aún conservas el piano electrónico que te regalé. —dijo Pamela.

—No puede ser. ¡Regresaste! —dijo Anna.

—Déjame apagar esta música. —dijo Pamela.

—¡Qué alegría me da! ¿Recibiste mis cartas? —preguntó Anna.

—Las recibí todas. —dijo Pamela.

—Pero, ¿por qué no me las contestaste? —preguntó Anna.

—Es una larga historia. Luego con más calma lo dialogamos. ¿Dónde están los abuelos? —preguntó Pamela.

—Como de costumbre en el servicio de la Iglesia. No deben tardar. A menos que salgan a comer a algún sitio. —dijo Anna.

—Necesito pedirte un favor. —dijo Pamela.

—El que quieras. —dijo Anna.

—Los abuelos no pueden saber que estuve aquí. —dijo Pamela.

—¿Te vas de nuevo? —preguntó Anna.

—Sí. Tengo que irme a hacer algo muy importante, pero te prometo que me voy a comunicar contigo tan pronto termine lo que tengo que hacer. —dijo Pamela.

—Está muy bien. —dijo Anna.

—Voy al patio, recojo algo y me voy. —dijo Pamela.

—Yo bajo contigo. —dijo Anna.

—¡Ay, niña! Pero primero te voy a presentar a un amigo que está abajo. No te exaltes demasiado. —dijo Pamela.

—¿Tienes novio? —preguntó Anna.

—No. Es un amigo. —dijo Pamela.

—¡Ay, tía! De seguro está delirando por ti y le llamas amigo. Eres hermosa. Mírate en el espejo. Estás radiante. —dijo Anna.

—Deja de imaginar cosas y sígueme. —dijo Pamela.

Pamela y Anna bajaron hasta la sala a encontrarse con Lucas. Este estaba sentado en el sofá hasta que escucha los pasos de ambas bajando por las escaleras.

—Lucas, ella es mi sobrina Anna. —dijo Pamela.

—Mucho gusto. —dijo Lucas.

—También es mío. —dijo Anna.

—Vamos al patio. Necesito subir a la casa del árbol. —dijo Pamela.

—Pues, vamos. —dijo Lucas.

Anna se adelantó; Pamela y Lucas la siguieron. El patio de los abuelos estaba repleto de jardines llenos de rosas de varios colores. Al final del terreno, se encontraba la casa del árbol donde Pamela pasó los mejores años de su infancia. Los tres siguieron caminando hasta acercarse hasta al árbol.

—Bueno, ya llegamos. —dijo Anna.

—Por favor, espérenme aquí. Voy a subir. No me tardo. —dijo Pamela.

Pamela comenzó a subir la escalera y Lucas miró a los alrededores para asegurarse que estaban seguros en el lugar. Anna, tranquilamente, esperó cerca en la escalera. Pamela entró a la casa del árbol. Este lugar le traía unos bellos recuerdos, máxime cuando permanecían allí algunos cuadros que ella misma había pintado. Esta miró hacia el piso y abrió una tapa. Debajo de esa tapa estaban unos documentos, unas llaves y unas libretas de anotaciones. Pamela sujetó una de las libretas, la abrió y vio que estaban llenas de datos de experimentos realizados por su padre y su tío.

Minutos después, Pamela bajó llevando en sus manos lo que había encontrado.

—¿Ya tiene usted lo que necesita? —preguntó Lucas.

—Creo que sí. —dijo Pamela.

—¿Ahora te vas? —preguntó Anna.

—Sí, mi amor. No quiero que te vean conmigo. Así que vete por la cocina y regresa a tu habitación. —dijo Pamela.

—¡Te cuidas, tía!, ¡Te quiero mucho! —dijo Anna.

—¡Y yo a ti! Anda y vete. —dijo Pamela.

Anna se aleja en dirección hacia la parte de atrás de la casa de los abuelos donde estaba la cocina.

—Recibí un mensaje de texto de parte de Marc. Debemos irnos a los laboratorios. Allí tendrá usted todo lo que necesita. Tenemos que irnos rápidamente. —dijo Lucas.

—Pues, vamos. —dijo Pamela.

Entretanto, Pamela caminaba mirando la hermosura de los alrededores, la antigua casa y recordando los mejores momentos espontáneos junto a su familia. En la casa, Anna la miraba a través de los cristales de la ventana.

13 LA EMBOSCADA

Lucas y Pamela se dirigieron en la camioneta de Kenshi hacia los laboratorios, mientras eran vigilados a cierta distancia por el personal que había designado Marc. Luego de pasar varias avenidas, ambos se encuentran con un camión de basura en una de las calles. Lucas aceleró para evitar reducir la velocidad y quedarse atascado por el camión. Los hombres que había mandado Marc quedaron atascados detrás de los coches que se encontraban detrás del camión. A esa hora del día había mucho tráfico en la ciudad.

Lucas, muy confiado en que la ruta que había tomado era segura, continuó por las calles. Lo que no esperaba era que de pronto serían perseguidos por un coche, en el cual iban dos hombres muy sospechosos. Lucas, por el cristal del retrovisor, se dio cuenta que uno estaba armado. Este aceleró para despegarse del coche de ellos.

—Pamela, no se voltee, un coche nos está siguiendo. —dijo Lucas.

—¿Estás seguro? —preguntó Pamela.

—Conozco a mi gente y estos no tienen cara de ser de los nuestros. —dijo Lucas.

—¿Qué vas a hacer? —preguntó Pamela.

—Tranquila, conozco un atajo. —dijo Lucas.

Lucas aceleró para lograr pasar por una de las calles cercanas y doblar rápido en la siguiente calle. El coche sospechoso aceleró de igual manera para tratar de acercarse más. En ese momento, surge una persecución entre ambos coches a través de las calles. Lucas no logró del primer intento engañar a los perseguidores. Este se desvió para lograr entrar a la autopista. Los hombres armados los persiguen sin cesar. De momento, uno de los hombres sacó un arma y le disparó a una de las llantas de la camioneta donde iban Pamela y Lucas, logrando que el coche aminorara la ventaja. El hombre siguió disparando hasta que logró que Lucas perdiera el control. Uno de los del equipo de seguridad, enviado por Marc, logró ver que estaban atacando la camioneta y les disparó. Sin embargo, a la velocidad que iba Lucas, este pierde el control y el coche giró de forma brusca. Lucas reaccionó, ubicó su brazo para evitar que Pamela se golpeara. Este no lo pudo evitar y Pamela se golpeó con el cristal quedando inconsciente y herida, mientras Lucas quedó aturdido por unos instantes.

Él, aturdido, ve a Pamela herida. Se quita el cinturón de seguridad para salir de la camioneta. Al mirar a todos lados, se aseguró que el coche que los persiguió se había ido del lugar. Otras personas que se encontraban transitando por la autopista pararon para ver qué había pasado. Rápido, este se acercó a la puerta de Pamela y la sacó del coche.

—¡Pamela, respóndame! —dijo Lucas.

Pamela no respondía a las palabras de Lucas. Este de inmediato la sujetó en sus brazos.

—¡Dios mío! ¡Por favor! —mira hacia el cielo—. No me hagas esto. Ella no. ¡Por favor! —dijo Lucas.

El hombre, que disparó a los que estaban atacando el coche, se acercó a Lucas.

—Soy el agente Torres. El área está segura. ¿Ustedes, se encuentran bien? —dijo Torres.

—Mi compañera aún no responde. —dijo Lucas.

—Tome mi pañuelo. Presione la herida. —dijo Torres.

— ¡Gracias! —dijo Lucas.

—¿A dónde la llevamos? —preguntó Torres.

—Yo le indico en el camino. Traiga su coche. —dijo Lucas.

—Está aquí cerca. —dijo Torres.

Lucas camina con Pamela en brazos hasta el coche del agente Torres. Se sentó con Pamela en el asiento de atrás. El solo pensar que le pasara algo por su culpa lo tenía muy inquieto.

—Conduzca hasta la tercera salida a la izquierda. Le seguiré indicando hasta llegar a los laboratorios. Además, indique al equipo que necesitamos una camilla y un médico. —dijo Lucas.

El agente salió del lugar siguiendo las instrucciones de Lucas. Minutos más tarde, habían logrado llegar a los laboratorios. Allí, Lucas bajó con Pamela en brazos hasta dejarla en la camilla. Marc los estaba esperando afuera.

—Hermano, ¿estás bien? —preguntó Marc.

—Yo estoy raspado, pero la doctora necesita atención inmediata. —dijo Lucas.

—Ya tenemos un área preparada para que la atiendan de inmediato. Hermano, te arriesgaste mucho. —dijo Marc.

—Sí, lo sé. Tenía que hacerlo. La doctora consiguió unos documentos que seguramente nos van a ayudar. Esta es su mochila, pero quiero que ella los revise antes que nadie. —dijo Lucas.

—Voy a estar haciendo llamadas en una de las oficinas. Déjame saber cuando la doctora reaccione. —dijo Marc.

Lucas continuó cerca de la camilla hasta llegar al área donde atenderían a Pamela. Estaba un doctor esperándolos. Enseguida le verificó la pupila, el pulso y la llevaron a realizarle una tomografía.

Una hora más tarde, Lucas estaba esperando en el pasillo para saber cómo se encontraba Pamela. Se sentía muy nervioso, pues, recordaba los episodios del accidente que tuvo con su esposa y la hija. Le temblaban las manos, no paraba de caminar en el pasillo. De pronto, salió un doctor de la habitación. Lucas lee el nombre en la bata del doctor.

—Doctor Parson, ¿cómo está ella? —preguntó Lucas.

—Bien. Ya despertó y está descansando. —dijo Parson.

—¿Y los estudios? —preguntó Lucas.

—No hay por qué alarmarse. El golpe fue fuerte, pero le dimos un medicamento para el dolor de cabeza y, otros, para que mejore pronto. La paciente necesita reposo; ya mañana estará mejor. —dijo Parson.

—¿Puedo pasar a verla? —preguntó Lucas.

—Claro, adelante. —dijo Parson.

—¡Gracias! —dijo Lucas.

Pamela se encontraba en una cama con los brazos en el abdomen y tenía los ojos cerrados. Por el lado izquierdo de la cama, Lucas se acercó y le puso su mano izquierda sobre la de ella. Pamela, al sentir la mano, abrió los ojos.

—Tranquila. Usted va a estar bien. Tengo su mochila. —dijo Lucas.

—Trataste de protegerme. —dijo Pamela.

—No hablemos de eso. Solo descanse. Yo voy a estar aquí con usted toda la noche por si necesita algo. —dijo Lucas.

—¡Gracias! No tienes que hacerlo. —dijo Pamela.

—Lo hago con mucho gusto. —dijo Lucas.

Esa noche Lucas estuvo en vela hasta la madrugada. Ya había llamado a Marc para indicarle que la doctora estaba descansando y se encontraba mejor. Por la mañana, Pamela despertó y vio a Lucas parado frente a la ventana mirando hacia afuera. Este se había cambiado de ropa y se podía notar el buen cuerpo que poseía.

—Lucas. —dijo Pamela.

—Dígame, ¿cómo se siente? —preguntó Lucas.

—Me siento mejor. Ya me puedes sacar de este horrendo lugar. —dijo Pamela.

—Tengo una ropa de su talla que Marc me ayudó a conseguir. Espero que le agrade. ¿Está usted lista para trabajar? —preguntó Lucas.

—Muy lista. —dijo Pamela.

—Pues, salgo de la habitación. Estaré en el pasillo esperándole. —dijo Lucas.

Minutos más tarde Pamela terminó de vestirse y salió al pasillo. Lucas la estaba esperando con un café en la mano y su mochila. Pamela le sonríe y toma el café.

—¿Siempre eres así con tu pareja? Digo de trabajo. —dijo Pamela.

—No siempre. Debe usted tomar este analgésico y sujetar su mochila roja. —dijo Lucas.

—¡Gracias! —dijo Pamela.

—Doctora, vamos al sótano, nos están esperando. —dijo Lucas.

Ambos caminan hacia el ascensor y se dirigen hasta llegar al sótano. Allí los esperaban el equipo de técnicos, tecnólogos, doctores y asistentes del laboratorio.

En otro lado del laboratorio, Marc recibió una llamada, del teniente Santiago mientras iba caminando.

—Santiago, ¿qué nuevas me tiene? —dijo Marc.

—Luego de analizar los vídeos de las cámaras de seguridad y las muestras de sangre de uno de los hombres que atacó al doctor Morgan, se determinó que pertenecen a Vinny Denti. Este hombre es hermano de Flavio Denti, un narcotraficante relacionado al mercado del Oriente Medio y Latinoamérica. Además, esta persona trabaja para VPS. Tenemos varios agentes siguiendo su rastro. La última información que recibimos nos indica que Vinny se encontraba en Miami. —dijo Santiago.

—Excelente. No le pierdan el rastro. Tenemos que estar seguros de todos los pasos que da. No le pierdan la pista. —dijo Marc.

—También, debo informarle que encontraron a Robert Jackson. El equipo va de camino con él hasta el hospital militar. —dijo Santiago.

—¿Dónde lo encontraron? —preguntó Marc.

—Unos niños que estaban jugando lo encontraron tirado en un parque cercano a la residencia del juez. —dijo Santiago.

—Tenemos que interrogarlo de inmediato. —dijo Marc.

—Sí, señor. —dijo Santiago.

—Envíeme la información, salgo para el hospital de inmediato. —dijo Marc.

Marc termina la llamada y le marca al teléfono celular de Lucas.

—Lucas, ya apareció el juez y tenemos la información del hombre herido que atacó al doctor Morgan. Hay una oficina lista para la doctora Miller con todos los datos de los cadáveres de los militares y las otras personas infectadas en el barco. —dijo Marc.

—Se lo informaré a la doctora. ¿Qué nuevas órdenes me tienes? —preguntó Lucas.

—Necesito que me acompañes a interrogar al juez. El hombre herido se llama Vinny Denti, lo estamos siguiendo. Según la información, trabaja para VPS. Te explico más cuando estemos de camino al hospital. Paso por ti en treinta minutos. —dijo Marc.

—Muy bien. —dijo Lucas.

—¿Pasó algo? —preguntó Pamela.

—Están rastreando a la persona que atacó al doctor Morgan. El hombre trabaja para VPS. Se llama Vinny Denti. ¿Usted lo conoce? ¿Usted conoce algo de esa empresa? —preguntó Lucas.

—No. No lo conozco. Mi exnovio trabajó para esa empresa hace varios años. Ellos realizaban investigaciones y creaban medicamentos muy efectivos para algunos virus. Tienen contratos millonarios con el ejército de Estados Unidos. Además, les proveen todas las vacunas a los militares. —dijo Pamela.

—Debe de haber alguna relación entre los militares muertos y el barco infectado con esa extraña gripe. No sé qué dicen los documentos de su tío, pero algún enlace debe de haber. —dijo Lucas.

—Mi padre hace años descubrió un potencial virus. En la búsqueda de la cura murió. Mi tío ha realizado investigaciones tratando de lograr la cura del mismo. Él es el único con acceso a las muestras que el gobierno de Estados Unidos posee. VPS trató de realizar algunos experimentos con este virus, pero fracasó. —dijo Pamela.

—Necesito que usted nos ayude a armar este rompecabezas. Necesitamos pruebas que demuestren si VPS está detrás de todo esto. Yo tengo que irme, pero regresaré. —dijo Lucas.

Lucas y Pamela llegaron al laboratorio y, para sorpresa de Pamela, su tía Margaret estaba esperándola en el laboratorio.

—Tía, ¿qué haces aquí? —preguntó Pamela—. Esta la abrazó.

—Tu tío se comunicó conmigo muy nervioso hace unos días atrás. Él se presentía algo. Luego, supe mediante la embajada americana que él estaba mal y regresé de mi viaje a Japón de inmediato. ¿Qué te pasó en la frente? —preguntó Margaret.

—Un accidente, pero no es nada. —mira a Lucas—. Ya me atendieron y todo está muy bien. —dijo Pamela.

—Vi lo que le hicieron a Joe. Hace unos minutos hablé con él. Lo que presentía fue un hecho. Debes cuidarte. Me imagino que algo parecido te ocurrió a ti. —dijo Margaret.

—Luego te cuento. No tenemos tiempo para historias. Hay muchas personas involucradas en esto. ¡Ay, tía! No sabes cómo me alegra verte. —dijo Pamela.

—¡Y yo a ti! Dame otro abrazo. —dijo Margaret.

—Discúlpame, tía. Él es Lucas y trabaja para el Servicio Secreto. —dijo Pamela.

—Doctora, encantado de conocerla. —dijo Lucas.

—Me alegra mucho que mi sobrina esté bien protegida. No quiero que le pase nada a ella y a nadie de nuestra familia. ¿Me entiende? —dijo Margaret.

—Está muy claro. Nos encargaremos de protegerlas. —dijo Lucas.

—No esperaba menos. —dijo Margaret.

—Tía, ¿por dónde empezamos? —preguntó Pamela.

—Déjame ver los documentos de Joe y los de tu padre. Vamos a analizarlos juntas. ¿Te parece? —dijo Margaret.

—¡Claro! No perdamos más el tiempo. Cada minuto cuenta. —dijo Pamela.

—También, están disponibles en la oficina los expedientes médicos y las autopsias realizadas a los militares muertos y de otras personas infectadas en un barco de turismo. Marc coordinó para que esa oficina estuviese disponible para ustedes. —dijo Lucas.

—Quiero ver los análisis de todos los cuerpos infectados. Algún eslabón tiene que existir. —dijo Pamela.

—Si me disculpan, el deber me llama. Tengo otra misión que realizar. ¡Mucho gusto! —dijo Lucas.

—¡Encantada! —dijo Margaret.

Lucas se alejó del lugar. Pamela y Margaret entraron a la oficina para comenzar los trabajos. La misma estaba totalmente equipada con las mejores computadoras e impresoras para desarrollar prototipos de tres dimensiones. Además, daba acceso al área controlada donde se encontraba la morgue. Desde uno de los cristales, se podía observar el laboratorio donde estaban todos los equipos sofisticados del laboratorio. También, se podía observar a los doctores y técnicos que trabajaban en las centrífugas y microscopios de alta resolución.

14 LOS EMBARQUES

Antonio Monet se encontraba visitando los almacenes del edificio para asegurarse que el embarque de los dispositivos estuviera bien coordinado. El almacén estaba controlado por el personal de seguridad. Los estantes, donde se almacenaban los materiales, estaban ordenados. Flavio estaba organizando, en las afueras, las camionetas que iban a ser enviadas al aeropuerto. Marcela se encontraba en unas de las oficinas realizando unas llamadas y verificando las acciones con otro grupo de ejecutivos.

Entonces, uno de los guardias le indicó por radio a Flavio que Vinny había llegado al puesto de vigilancia. Flavio le respondió que lo dejara llegar al lugar donde él se encontraba. Después, este cotejó una de las camionetas y le cerró la puerta trasera. Luego, le indicó al chofer que ya estaba lista la camioneta. Gran parte del estacionamiento estaba ocupado por las camionetas. Todas estaban preparadas con neveras especializadas para mantener los dispositivos a la temperatura recomendada por los científicos que trabajaban para la organización.

—Hermano, aquí me tienes como acordamos. —dijo Vinny.

—¿Por qué te tardaste tanto? —preguntó Flavio.

—Me pasé de copas. Tuve una pelea con el exmarido de mi novia. No te preocupes que ya eso pasó. Terminé con ella. Pero, cambiemos el tema, me llamaste y aquí estoy. —dijo Vinny.

—Necesito que te hagas cargo de que estas camionetas lleguen al aeropuerto, donde dos de nuestros aviones privados partirán a Colombia y México. —dijo Flavio.

—No faltaba más. Termino el trabajo y regreso por ti. Luego, me gustaría que nos fuéramos a festejar. —dijo Vinny.

—Así lo haremos. Tengo unas amigas que te quiero presentar. Nos comunicamos más tarde. Vete y termina este trabajo. —dijo Flavio.

—Dame las llaves que salgo enseguida. —dijo Vinny.

Al otro lado, Antonio terminó de comprobar otras órdenes que pronto saldrían a varios puntos fuera del país. Entretanto, Marcela había terminado de atender varias llamadas y luego se fue a los laboratorios acompañada de Flavio.

A esa hora de la mañana, había mucha actividad en el aeropuerto. En el área de transporte comercial, se encontraban los aviones de la empresa VPS listos para ser cargados con la mercancía. Vinny llegó al lugar y se bajó de una de las camionetas. Se acercó y entró a uno de los aviones cerciorándose que todo estuviera en orden. Luego, salió e inspeccionó el segundo avión. Terminado el proceso de inspección le hizo señas a los choferes para que se desplazaran a descargar la mercancía en los aviones.

15 EL RAPTO

Esa misma mañana, Anna había salido a caminar al parque con su perro de raza "shih tzu", como de costumbre. Margaret la había llamado en varias ocasiones, y, en sus mensajes al correo de voz, le había indicado que se mantuviera en la casa, pues, a su tío abuelo Joe lo asaltaron. Margaret no quería preocupar a Anna, ni alarmarla por lo sucedido, aun sabiendo que el Servicio Secreto la estaba protegiendo. Anna era hija única y era muy independiente. Sus padres se encontraban tomando unas vacaciones por Europa en ese momento. Sin embargo, tuvo más peso la invitación de unas amigas para encontrarse en el parque.

Durante su caminata, encontró un vendedor de helados y se acercó a comprar uno de ellos. Entre el bullicio de la gente, se encontraban varios vendedores y familias compartiendo en el lugar. Típicamente, mucha personas iban a ejercitarse y otros paseaban por el lugar. Un agente del

Servicio Secreto trataba de seguirla discretamente. Anna pagó el helado y se dirigió a un área de árboles para sentarse en uno de los bancos de acero, acompañada de su perro. Ella miraba su reloj de vez en cuando esperando por la llegaba de sus amigas.

Un agente del Servicio Secreto, vestido de civil, fue interceptado entre los árboles por un empleado vestido de mantenimiento del parque. Entretanto, otro se acercó a Anna sigilosamente entre los arbustos, le tapó la boca, apuntándola con un arma. Ella, al verse amenazada, no tuvo oportunidad de gritar. Una camioneta color negra se trasladó rápidamente para lograr introducirla al interior para no levantar sospechas.

Nadie se percató de lo sucedido, porque se estaban celebrando varias actividades en el lugar. El perro de Anna quedó abandonado en el parque. Unos niños, que paseaban cerca, vieron al perro solo. Lo aguantaron por la correa que tenía unida al collar identificado con la información de la residencia y el teléfono de Anna.

Minutos más tarde, Kenshi, que tenía la encomienda de mantener el lugar seguro y proteger a Anna, trató de contactar al agente del Servicio Secreto, pero este no respondió. El agente Torres vio cuando Kenshi le hizo una señal para que se adelantara a rastrear el área. Es, entonces, que encontró al oficial entre los arbustos muy mal herido. De inmediato, marcó en su teléfono celular para informar de lo sucedido al centro de mando. Se lo informaron al teniente Santiago y este se comunicó inmediatamente con Marc. Este se comunicó con Lucas.

–Lucas, este operativo se complicó. Tenemos otro oficial muy mal herido. Me informan que Anna Miller se salió de la casa y la tomaron de rehén. –dijo Marc.

–¡Maldita sea! Esto va a ser un golpe fuerte para la doctora Miller. Marc, no confío en el equipo de trabajo que está enviando el Pentágono. Por poco matan a la doctora. Tenemos que movernos rápido y ser más discretos. El juez nos tiene que arrojar pistas de lo que está pasando y decirnos quién es el responsable de todo esto. Algo debe saber. –dijo Lucas.

–¿Qué sugieres? –preguntó Marc.

–Necesitamos interceptar e interrogar al hombre que atacó al doctor Morgan. Quiero hacerlo yo solo. Necesito que Kenshi me acompañe a encontrar a ese hombre. Él es muy bueno en rastreo de información; es un genio en computadoras; ha sido un excelente asistente y me servirá de mucho. –dijo Lucas.

–Ya estamos llegando. Tienes mi autorización de este operativo y puedes utilizar a Kenshi. Por cierto, ya él sabe lo de su camioneta. Ya di órdenes para que la reparen. –dijo Marc.

Marc y Lucas se adentraron al edificio para lograr llegar a donde se encontraba el juez. Un equipo de alta seguridad estaba en el lugar controlando la entrada de visitas en el piso donde se hallaba el juez. La orden era no permitirle acceso a nadie, excepto a los médicos autorizados por la oficina del Servicio Secreto.

Ambos pasan la estación de enfermeras de ese piso, entran a la habitación y se encuentran al doctor Coleman auscultando al juez. El juez había despertado y estaba vendado por las costillas. Su cara estaba mayormente marcada por los golpes recibidos, así como parte de los brazos y el cuerpo. Tenía varias heridas, rastros de sangre y moretones en el cuerpo.

—¡Buenos días!, Juez Jackson. Mi compañero Lucas Maxwell y yo estamos a cargo de la investigación de su caso. Tenemos que hacerle varias preguntas, esperamos su absoluta cooperación. Usted conoce muy bien el proceso, así que vamos a ir al grano. —dijo Marc.

—¿Qué quieren saber? —dijo el juez.

—Todo lo que sepa. Empezando, ¿por qué su sobrino aceptó que se retirara la demanda por diez millones? ¿Qué tiene usted que ver en esa demanda? —preguntó Marc.

—Además, ¿por qué sus raptores lo dejaron vivo? No es mucha la coincidencia. —preguntó Lucas.

—Me asaltaron unos hombres y me llevaron a un almacén. El lugar no tenía ventanas. Estuve varios días aislado. Amenazaron matar a mi familia si no cooperaba. La única forma de salir de allí ileso y proteger a mi familia para que nadie le hiciera daño era si la demanda se retiraba. –dijo el juez.

–Usted, como juez, acaba de aceptar que fue sobornado y su sobrino también lo involucró en esto. –dijo Lucas.

–Así es. Necesito protección absoluta de mi familia y que la saquen del País. De lo contrario, no diré nada más. –dijo el juez.

–Podemos llegar a ese arreglo si nos da una pista. ¿Cómo nos podemos asegurar que no está mintiendo? –preguntó Marc.

–Usted no tiene ni idea de quiénes están detrás de esto. Hay muchos políticos, el ejército y empresarios involucrados. Pero, primero saquen a mi familia y cuando estén seguros les diré lo que sé. –dijo el juez.

–Tiene mi palabra. Voy a llamar a mi gente para llevar a su familia a un lugar seguro. –dijo Marc.

Marc comienza a dar instrucciones a sus agentes. Mientras tanto, Lucas continúa el interrogatorio.

–Ya hay muchas muertes y habrá muchas más involucradas al correr el tiempo. Cada segundo cuenta. No estamos para jueguitos. ¿Quién es el cabecilla? –preguntó Lucas.

–Genbiolife es una empresa de distribución de dispositivos de rastreo y de expediente médico para ser implantados en las personas. Ellos tienen el control en dónde se encuentra cada uno de sus clientes. Es un negocio muy lucrativo. Un prototipo de los dispositivos con expediente médico falló en uno de sus clientes y la familia demandó a la empresa. Es lo único que les puedo decir. –dijo el juez.

–Ya están mis agentes camino a buscar a su familia. Los traerán aquí, al hospital, en lo que este asunto se resuelve. Necesitamos que nos dé pistas de quiénes son los cabecillas. Le prometo que estará en un plan de protección para testigos. –dijo Marc.

–Juez Jackson, hay una joven raptada y queremos que salga ilesa de todo esto. Usted es hombre de familia y debe entender. La vida de ella y de otras personas depende de lo que usted nos pueda decir. Le pregunto, ¿escuchó algo sobre armas biológicas? –preguntó Lucas.

–Nada. Solo sé de los dispositivos. –dijo el juez.

–¿Cómo era el lugar dónde estaba? –preguntó Lucas.

–Era un edificio antiguo, en acero, construido con ladrillos. Yo estaba en el sótano. El edificio vibraba temprano en la mañana y en la tarde. –dijo el juez.

–¿Tiene idea de la distancia a la cual fue transportado de un lugar a otro? –preguntó Lucas.

–No. Me asaltaron, me golpearon y desperté mucho tiempo después en ese lugar. –dijo el juez.

–Disculpe, señor Juez. En el teléfono celular tengo a su esposa. –dijo Marc.

El Juez recibe el teléfono celular. Su esposa se escuchaba llorosa al saber que él estaba vivo. Lucas se mantiene cerca de él.

—Mi amor. Todo está bien. —trata de tranquilizar a su esposa—. No te preocupes. Pronto vamos a vernos. —dijo el Juez—. Este termina la llamada.

—¿Quiénes son? —preguntó Lucas.

—El nombre el cual escuché es Flavio. Él me amenazó con una pistola. Su jefe es un hombre, el cual desconozco su nombre. Es alto, de tez blanca y tipo europeo. —dijo el juez.

—Vamos a enviar un experto para que prepare un boceto de ese hombre. Juez Jackson, vamos a seguir en contacto con usted. Si recuerda algún otro dato, déjelo saber de inmediato. Su cooperación es valiosa. —dijo Marc.

—Por último, este tal Flavio, ¿tenía acento americano o europeo? —preguntó Lucas.

—Extranjero. Como italiano. —dijo el juez.

Marc y Lucas salen del lugar. Lucas estaba molesto de la poca información que le había provisto el juez. Sabía que la noticia del rapto de Anna iba a desenfocar a Pamela de su investigación. Solo le quedaba poder atrapar a Vinny Denti. De seguro, Flavio era ese hombre con el acento extranjero. Lucas se mantuvo callado hasta llegar a la camioneta.

—¿Qué piensas? —preguntó Marc.

—Vamos a hablar con Pamela Miller para informarle lo que está sucediendo. Ella tiene derecho a saberlo. —dijo Lucas.

—No la conoces bien. No sabes cómo va a reaccionar a esa noticia. —dijo Marc.

—Lo sé. Tiene que saberlo. Luego de hablar con ella, salgo con Kenshi a Miami. Déjame en el laboratorio y coordina que recojan a Kenshi. En un par de horas estaré en el aeropuerto. —dijo Lucas.

—Veo que te interesa mucho esa doctora. —dijo Marc.

—¿Qué dices? —preguntó Lucas.

—Ambos tienen ese hilo rojo en la mano izquierda. ¿Crees que no lo noté? —preguntó Marc.

—Es solo un acuerdo de trabajo entre los dos. —dijo Lucas.

—¡Así le llaman ahora! —dijo Marc.

—No te puedo negar que es hermosa, inteligente y me atrae mucho, pero no creo que ella piense lo mismo. Ambos hemos amado intensamente y no creo que haya espacio para amar de la misma manera de nuevo. Además, ella está muy involucrada en su trabajo. Nuestros trabajos son totalmente diferentes. ¡No inventes! —dijo Lucas.

—Tranquilo. Es solo una observación. Vamos. Te llevo a ese lugar. Te despides y te vas de inmediato a Miami. —dijo Marc.

—¡Perfecto! —dijo Lucas.

16 ESPERANZA

Margaret, Pamela y Frank se encontraban en el laboratorio verificando los cuerpos en la morgue. Estos presentaban distintos cuadros clínicos. Los militares habían sido hombres con una condición física impecable. Los demás cuerpos los constituían hombres y mujeres con puestos empresariales gerenciales. Ninguno de los cuerpos había tolerado sobrevivir más de una semana.

Frank se había encargado de mantener toda la información organizada y analizada. Había preparado gráficas y análisis como acostumbraba hacer para el doctor Morgan. Este presentaba la información y le explicaba los procedimientos a ambas.

—Frank, tu trabajo, como siempre, es excelente. Esto nos va a servir de mucho. —dijo Margaret.

–Gracias, doctora. Me agrada mucho poder servir a usted y a Pamela.

–dijo Frank.

–El virus que atacó a los militares es el más potente. Sin embargo, los demás cuerpos contienen virus de menor potencia, pero que provienen del que descubrió mi padre. –dijo Pamela.

–¿Quieres decir que son virus experimentales? –preguntó Margaret.

–¡Exacto! Parece que fueron implantados según el análisis corporal de cada uno de los cuerpos. Es como si alguien los hubiese programado para cada uno. –dijo Pamela.

–Pero, ¿cómo hacerlo sin ellos saberlo? –preguntó Margaret.

–Frank, ¿encontraste alguna huella o elemento en común? ¿Algún registro de vacuna, medicamentos orales o tatuajes? –preguntó Pamela.

–Los militares poseen un dispositivo de rastreo en la muñeca izquierda. Los demás tienen, en común, fracturas en los huesos, o, tal vez fueron operados para corregirles alguna deficiencia. Además, presentan varias cirugías estéticas. –dijo Frank.

–Pamela, tenemos que cotejar los implantes de seno, las placas metálicas y de todo lo que se les haya colocado a cada uno de ellos. –dijo Margaret.

–Tía, no hay duda que es el virus, que ha sido manipulado e implantado de alguna manera. Necesito que verifiques todos los cadáveres. Saquen las prótesis, implantes, lo que posean que puedan servir para ocultar el virus. Yo voy a la oficina a terminar de leer los documentos de mi tío y de mi padre. –dijo Pamela.

–Vamos Frank. Esto tiene que realizarse rápido. Trae a los ayudantes de inmediato. –dijo Margaret.

–No me tardo. –dijo Frank

Pamela sale de la morgue y se dirige a la oficina. Los documentos de su padre se los conocía muy bien. En varias ocasiones, ella había realizado experimentos con él y su tío para obtener un antídoto para el virus de la muerte. Aun, a pesar de la muerte de su padre, mantenía la colaboración de la investigación con su tío. Ella confiaba mucho en el criterio del doctor Morgan y tenía una corazonada con la investigación de su tío, la cual estaba muy adelantada. Al entrar a la oficina se encuentra con Lucas y Marc.

–Doctora, ¿cómo le ha ido la investigación? –preguntó Marc.

–Marc, tomando en consideración el comportamiento del virus, descubrimos un patrón. Todas las víctimas fueron infectadas intencionalmente. Basándonos en esto, estamos analizando la fuente por dónde o cómo fue implantado a cada víctima. No sé si me entiende. –dijo Pamela.

Lucas interrumpe.

–Algún pinchazo, transfusión de sangre, tatuaje, o algo parecido. ¿Eso quiere decir? –preguntó Lucas.

–Exacto. –dijo Pamela.

—¿Cuánto se va a tardar en saberlo? —dijo Marc.

—Muy pronto. Ya tenemos a todos los ayudantes haciendo las pruebas y análisis. Mi tía Margaret se está encargando de eso. Yo estoy terminando de evaluar los documentos, pues, es más importante saber hasta dónde llegó el doctor Morgan. —dijo Pamela.

—Totalmente de acuerdo. Necesitamos un antídoto o habrá más víctimas. —dijo Lucas.

Marc se acerca a Pamela.

—Ya tenemos pistas de dónde se encuentra uno de los que atacaron a su tío. Lucas se va a encargar de atrapar a ese hombre. También, tenemos a un juez cooperando en la investigación —dijo Marc.

Lucas interrumpe de nuevo.

—Doctora, necesito comunicarte algo antes de salir. Es muy importante. —dijo Lucas.

—Yo los dejo a solas, pues, debo hacer varias llamadas. Lucas, estaré esperándote. —dijo Marc.

—Gracias, Marc. —dijo Lucas.

—¿De qué se trata? —preguntó Pamela.

—Anna salió de la casa para pasear a su perro al parque. Lamento decirle que…Anna fue raptada. —dijo Lucas.

—¡Cómo! No puede ser. —se le aguaron los ojos—. ¡Ella no, por favor! ¿Por qué ella? —peguntó Pamela.

Lucas, al ver llorar a Pamela, la abraza. Pamela sigue llorando desesperadamente. Él le coloca las manos en los hombros y la mira fijamente a los ojos.

—Le prometo que la voy a traer viva. Estamos esperando que llamen para pedir alguna recompensa. Confíe en mí. No la voy a dejar sola en esto. Somos pareja en esto. ¿O no? —preguntó Lucas.

—Eres la única persona en la cual confío en estos momentos. Eres mi única esperanza. No confío en nadie de tu organización. Y los abuelos, ¿cómo están? —preguntó Pamela.

—Los abuelos fueron reubicados en otro lugar seguro. Ya lo hablé con Marc. No habrá más errores. Yo me voy a encargar del nuevo operativo. Le juro que daré mi vida de ser necesario, pero Anna estará pronto con usted. —dijo Lucas.

—Gracias, Lucas. —dijo Pamela.

Este saca un pañuelo y le limpia las lágrimas. En esos momentos, Marc regresa de nuevo a la oficina. Lucas se separa de ella.

—Recibimos una llamada anónima, que nos indica que quieren una recompensa. Nosotros nos vamos a encargar de todo. En unas horas nos indicarán el lugar. ¿Está usted de acuerdo? —preguntó Marc.

—Sí. Quiero a mi sobrina lejos de todo esto. Los hago responsables de lo que le pase a ella. —molesta—. No confío en el equipo de trabajo. —dijo Pamela.

—Vamos a reforzar la seguridad. —dijo Marc.

—¿Rastrearon la llamada? —preguntó Pamela.

—Doctora, no hubo mucho tiempo para localizarla. Pero, se está analizando la llamada. —dijo Marc.

—Esta organización criminal conoce muy bien a la familia Miller. Están buscando obtener un beneficio de todo esto. Ya sabemos de lo que son capaces de hacer y tenemos que encontrar su punto débil. —dijo Lucas.

Marc interrumpe a Lucas.

—Doctora, necesitamos movernos rápido. Los resultados de su investigación serán la pieza clave para acabar con las personas que están provocando todo esto. Necesitamos tener todo los elementos para acabar con esta pesadilla. ¿Podemos contar con usted? —preguntó Marc.

—Necesito estar a solas. —dice molesta—. Tengo que organizar mis ideas. —dijo Pamela.

Marc sale de la oficina.

—¡Lo siento mucho! Aquí le dejo un teléfono celular para poder comunicarme con usted. Los números nuestros están grabados. Vamos a estar cerca si usted necesita algo. —dijo Lucas.

Lucas sale de la oficina. Pamela se queda pensativa tratando de atar cabos. Sabe que tiene que actuar rápido, pues, de ella dependen muchas cosas y los raptores pueden hacerle daño a su sobrina. Esta se levanta y da varias vueltas por la oficina tratando de tranquilizar sus nervios y organizar sus pensamientos. La muerte de su exnovio en un accidente de avión había sido un golpe fuerte para ella. El solo pensar que le pasara algo a su sobrina la llenaba de miedo y ansiedad.

A Pamela se le llenaban los ojos de lágrimas al pensar en Anna. Esta era muy especial para ella. De pequeña, iban al parque juntas a caminar y a darles de comer a las aves. En la casa del árbol, pasaron muchos momentos juntas. Era como un lugar mágico.

Momento después, Pamela cae en tiempo y se da cuenta que debe de repasar de nuevo los documentos de su padre. A pesar de haberlos leído en muchas ocasiones, había otra agenda con llave que nunca había leído. Esta la abre y comienza a leerla de inmediato.

17 LA TEORÍA

Una hora más tarde, Margaret regresó a la oficina para discutir los resultados encontrados. Pamela se encontraba ofuscada en las agendas y los resultados de laboratorio anotados por su tío y la información provista por Frank.

—Pamela, te tengo buenas noticias. Tú teoría sobre alguna pista o patrón ya la tenemos. —dijo Margaret.

—¿Qué encontraron? —preguntó Pamela.

—Todas las víctimas poseen un dispositivo de rastreo. Además, este es utilizado para mantener expedientes médicos. Lo curioso es que no están localizados en el mismo lugar, sino que fueron escondidos en implantes realizados después de alguna cirugía. De esta manera, los rayos X solo mostrarían un implante de cirugía y no un dispositivo. —dijo Margaret.

—¿Analizaron bien los dispositivos? —preguntó Pamela.

—Aquí te tengo uno. Míralo bien en el microscopio. —dijo Margaret.

—Esto es increíble. Alteraron el dispositivo para incluir una cavidad adicional. ¿Y el material? —preguntó Pamela.

—Es un material hecho en un plástico especializado que flexiona. Hija, observa bien el dispositivo. —dijo Margaret.

—Veo una solución. ¿Analizaron la solución de la cavidad? —preguntó Pamela.

—Sí. Aquí te tengo los resultados. —dijo Margaret.

—Estos malditos alteraron el dispositivo para infectar a su conveniencia a sus víctimas. Ahora entiendo todo. —dijo Pamela.

—¿Qué quieres decir? —preguntó Margaret.

—El dispositivo alimenta al virus dentro del implante con la sangre de la víctima por un tiempo limitado. Luego puede, gradualmente, liberar el virus al cuerpo de la víctima. —dijo Pamela.

—También, encontramos que las víctimas del barco de turismo estaban tomando unos medicamentos, que la licencia y distribución la posee VPS. —dijo Margaret.

—Está claro. Al no poder tener el antídoto, implantan el virus en la persona y le venden el medicamento para seguir generando ingresos. Por otro lado, los militares involucrados los rastrean y hacen con sus vidas lo que quieran. Está muy claro. —dijo Pamela.

—Tenemos que acabar con esto. ¿Cuál es tu plan? —preguntó Margaret.

—Tía, tengo primero algo que decirte. Espero que puedas asimilarlo. —

dijo Pamela.

—¿Le pasó algo a Joe? —preguntó Margaret.

—No. Es Anna. —dijo Pamela.

—¿Qué tiene? —preguntó Margaret.

—Lucas y Marc me indicaron que la secuestraron. —dijo Pamela.

—¡Dios mío! No puede ser. ¡Hasta dónde van a llegar estos criminales!

—dijo Margaret.

—No perdamos lo único que nos queda. —sujeta a su tía por los

hombros—. Tenemos que centrarnos. Los abuelos fueron llevados a un

lugar seguro. Los raptores pidieron una recompensa y nos indicarán el

lugar para el intercambio. —dijo Pamela.

—¿Cuánto dinero? —preguntó Margaret.

—De eso no te preocupes. El Servicio Secreto se encargara de poner el

dinero. Lo importante es rescatar a Anna y alejarla de todo esto. —dijo

Pamela.

—Esto se salió totalmente de control. —dijo Margaret.

—Tenemos que salir de esto y pronto. —dijo Pamela.

—Hija, ¿alguna idea? —preguntó Margaret.

—Tengo algo en mente que había discutido con mi tío hace unos meses

y él lo ha estado experimentando. Los resultados han sido buenos, pero no logró culminarlos. Estaba a punto de completarlos, pero ahí vino el ataque. —dijo Pamela.

—¡Pues hagamos las pruebas! —dijo Margaret.

—Vamos al laboratorio que quiero probar algo. Lo haremos juntas para adelantar los resultados. Tía, ¡Gracias a Dios que estás aquí! ¡Quién mejor que tú en estos momentos! —dijo Pamela.

—Sí, mi amor. Vamos y acabemos con esto. —dijo Margaret.

18 EL INGREDIENTE

Marc y Lucas se encontraban en unas de las oficinas laterales al laboratorio. Una llamada anónima entra al teléfono celular de Marc. Lucas le hace señales a Marc que está recibiendo una llamada.

—¡Bueno! —dijo Marc.

Un hombre con la voz filtrada para evitar ser identificado pregunta: ¿Tiene el dinero?.

—Me entrega a la joven y tendrá su dinero. —dijo Marc.

—La doctora Miller entregará el dinero y le entregaremos a la joven. —dijo el hombre.

—Ese no era el trato. —dijo Marc.

—En una hora, con el dinero, en el puente Bixby. —dijo el hombre.

Se interrumpe la llamada, el teléfono celular marca la llamada terminada. Lucas había escuchado todo en el altavoz del teléfono celular.

Solamente, le quedaba una hora para reaccionar ante la petición de los raptores.

—¡Demonios! —dijo Lucas.

—Lucas, la probabilidad de que ambas salgan ilesas es de un cincuenta por ciento. —dijo Marc.

—Marc, ellos nos tienen acorralados. Conocen bien nuestros pasos. Alguien está filtrando información, puede ser una venganza contra la familia o su tecnología es más poderosa que la nuestra. —dijo Lucas.

—¿Quién puede ser? —preguntó Marc.

—Llama a Santiago a ver si nos tiene noticias de Vinny Denti. Yo voy por Pamela. —dijo Lucas.

Pamela se encontraba terminando unas pruebas con Margaret. Los resultados estaban dando positivo ante la teoría de Pamela. Margaret y Frank estaban entrando la información en la computadora para que se reflejaran de inmediato los análisis. Pamela estaba muy eufórica con los resultados que aparecían en los diferentes monitores. Sabía que con la tecnología que poseía el laboratorio del doctor Morgan jamás iba a lograr los resultados que ahora podía obtener en ese momento.

En el laboratorio se observaba a todos los del equipo vestidos con las usuales batas de laboratorio y se movían de un lado a otro revisando muestras. De repente, Pamela se mueve a la pizarra del laboratorio donde había escrito varios datos y la estructura molecular del virus. Esta revisa de nuevo la agenda de su padre y, de inmediato, se le salieron las lágrimas. No podía creer que había logrado obtener una solución.

—¡Tía, lo tenemos! —dijo Pamela.

—Tú teoría sobre la radio frecuencia rompe todos los esquemas de los virus en computadora. Pensé que estabas loca. —dijo Margaret.

—En parte. Lo leí en un artículo hace algunos años. Te acuerdas que uno de mis novios le fascinaba la idea de la radio frecuencia. —dijo Pamela.

—Sí, me acuerdo muy bien. Su apartamento parecía un negocio de reemplazos electrónico y su patio un zoológico. —dijo Margaret.

—Aprendí mucho de él. —revisando una gráfica—. ¡De algo sirvió! —dijo Pamela

—¿A qué te refieres? —preguntó Margaret.

—Podemos controlar el microchip del dispositivo con la radio frecuencia, enviándole un programa que sirva como virus para poder obstruir la señal que ellos controlan. —dijo Pamela.

—Perfecto. ¿Cómo controlamos el virus biológico y evitamos una pandemia? —preguntó Margaret.

—Los virus viajan como si estuvieran programados para saber cómo acabar con el sistema inmunológico. Pero si el sistema está protegido no podrán completar su objetivo. Si el virus no reconoce a los glóbulos, no podrá llegar a ellos. Es como perderse en un laberinto. – dijo Pamela.

—¿Los otros virus alterados genéticamente nunca lograron mejorar al virus de la muerte? –preguntó Margaret.

—Nunca. –dijo Pamela.

—¿Y entonces? –preguntó Margaret.

—Después de tantos años, ya encontré cómo deteriorar la cápsula protectora del virus y destruir su interior. Al reducir su flexibilidad, no podrá moverse con agilidad. Con la combinación de estos medicamentos, se acabó esta pesadilla. La combinación de la fórmula de mi padre y este ingrediente nuevo que te voy a escribir en la pizarra, podemos ya tener una vacuna. Esta es la fórmula final. Mi padre tenía razón. Era cuestión de tiempo. –dijo Pamela.

—Necesitamos producir el medicamento en grandes cantidades. –dijo Margaret.

—Por favor, encárgate de eso. Voy a llamar a Lucas. –dijo Pamela.

Pamela sale del Área Controlada y en uno de los vestidores de los empleados se cambia de ropa y llama a Lucas al teléfono celular.

—Estoy cruzando el pasillo. —este le responde—. A pocos pasos, detrás de usted. –dijo Lucas.

Pamela se voltea. Lucas le muestra una sonrisa suave y ambos sienten que necesitan abrazarse. Él extiende los brazos y ella acepta el abrazo.

—Encontré el antídoto. Ya tengo la fórmula. —dijo Pamela.

—Lo logró, no me deja usted de sorprender. ¡Eres...perfecta! —dijo Lucas.

Lucas se queda mirándola a los ojos y Pamela se da cuenta que se sentía protegida entre sus brazos. Ambos cuerpos estaban muy cerca uno del otro. En ese momento, ninguno retiró sus brazos. Sus labios estaban muy cerca uno del otro.

En ese instante, ambos deseaban unir sus labios. Lucas le miró los labios. Pamela miró los de él. Ambos, se acercaron más y se unieron en un intenso beso. Era inevitable la atracción que había entre ambos. Entonces, él subió suavemente su brazo derecho por la espalda de ella para pegarla más a su cuerpo. Mientras que su mano izquierda le acariciaba la cintura.

Pamela le acarició la cara sin dejar ni un instante de besarlo. Fueron los minutos más intensos y llenos de amor. Entonces, Pamela reacciona y termina el beso.

—Creo que tú también venías a decirme algo. —dijo Pamela.

—Sí. Pamela, no quisiera dañar este hermoso momento, pero tengo que decirte algo. —dijo Lucas.

—¿Qué pasa? —preguntó Pamela.

—Ya confirmamos el lugar de entrega del dinero. Además, debo informarte que los raptores solicitaron que tú entregues el dinero a cambio de liberar a tu sobrina. —dijo Lucas.

—La vida de Anna va sobre todo. Estoy dispuesta a todo con tal de que la liberen y regrese a salvo. —dijo Pamela.

—En menos de una hora tenemos que estar en el puente Bixby. —dijo Lucas.

—Tía Margaret ya tiene todos los detalles del antídoto. Yo tengo una muestra en mi bolsillo. Le di instrucciones de preparar más. —dijo Pamela.

—¿Ya descubriste cómo se infectaron? —preguntó Lucas.

—El virus está en un dispositivo implantado en cada uno. El dispositivo se activa con una señal y libera el virus en el cuerpo. —dijo Pamela.

—¿Tienes el dispositivo? —preguntó Lucas.

—Sí. Este es el dispositivo que se activa por frecuencia y este es el antídoto. —dijo Pamela.

—Marc nos está esperando. Tenemos que irnos. —dijo Lucas.

—Vamos. —dijo Pamela.

19 EL INTERCAMBIO

Ambos caminaron por el pasillo pensando en lo que acababa de pasar entre los dos. Lucas, amablemente, le indicaba por dónde salir en dirección hacia la azotea. Era un edificio con varios pisos protegidos por guardias armados en varios puntos estratégicos. Pamela rompe el silencio.

—Voy más tranquila, pues, sé que tú estás manejando todo. Te pido encarecidamente que no pongas en riesgo la vida de Anna por la mía. — dijo Pamela.

—Lo sé. Y haremos todo lo posible por sacarlas a las dos ilesas de allí. Te lo prometo. —dijo Lucas.

Pamela y Lucas se abrazaron nuevamente. Luego, ambos caminaron hasta encontrarse con Marc en la azotea donde los esperaban dos helicópteros. Marc ya había realizado las coordinaciones para tener el área protegida. El operativo era considerado de alto riesgo. A la menor falla, ponía en riesgo la vida de ambas.

Pamela subió a uno de los helicópteros, entretanto Lucas se fue en otro con los compañeros de trabajo. En el camino, Pamela le explicó a Marc los hallazgos encontrados en su investigación. Él la escuchaba detenidamente. El saber que los dispositivos eran el mecanismo para infectar a las personas sin levantar sospecha lo tenía sorprendido. Era como una locura.

Marc aprovechó para explicarle el operativo que iban a realizar y las instrucciones que debía seguir Pamela para evitar que se saliera de control el plan. Los francotiradores iban a estar ubicados en puntos estratégicos; pero no descartaban que los raptores también tuvieran su gente en el lugar. Algunos encubiertos iban a estar en la carretera.

Pamela se sentía muy ansiosa y trataba de tranquilizarse mirando el panorama desde el helicóptero. Minutos después, se veía a una distancia el histórico puente. El tráfico se veía normal, según la hora acordada. Lucas se había adelantado para lograr obtener mejor control de la situación. En el área, el Servicio Secreto había designado personal vestidos de civiles.

El helicóptero aterrizó en uno de los lados del puente. A una distancia de varios metros, se estacionó una camioneta, blindada, de color negro. Lucas y Kenshi se encontraban entre los turistas que tomaban fotos en el puente.

Marc recibió una llamada en la cual le indicaban que Pamela debería caminar en dirección de la camioneta color negra.

—Quiero ver primero a la joven. —dijo Marc.

De la camioneta salió Anna muy nerviosa junto a un hombre, el cual le apuntaba con un arma. Las personas alrededor, al ver la escena, se alejaron corriendo del lugar. Los francotiradores estaban listos y esperaban la señal para disparar.

—Pamela, debes caminar con esta mochila hacia la camioneta. A la mitad del camino, entregarás el dinero. Ellos se acercarán con Anna. —dijo Marc.

—No esperemos más. Dame el maldito dinero. —dijo Pamela.

Ella caminó mirando a Anna. Su sobrina estaba con las manos amarradas a la parte de atrás. Lucas estaba a una corta distancia apuntando con su arma al hombre que tenía a Anna. Kenshi apuntaba al chofer de la camioneta. En un instante, Anna y Pamela estaban frente a frente.

—Esto va a ser muy rápido. Solo coopere y todo saldrá muy bien. Camine hacia mí. —dijo el hombre.

—Lo haré a la misma vez que me entregue a Anna. —dijo Pamela.

—Anna será liberada, pero usted se va conmigo. —dijo el hombre.

—No lo hagas, tía. —dijo Anna.

—Haz lo que él indica y corres hacia el helicóptero sin mirar atrás. —dijo Pamela.

–Acérquese. –dijo el hombre.

–¡Anna, corre! –dijo Pamela.

El hombre se mueve muy rápido para poner el arma en la cabeza de Pamela. Lucas trata de conseguir dispararle al hombre, pero una mujer en histeria se le cruza por el frente y no pudo disparar. Los demás hombres, que venían en la camioneta, formaron un cerco para protegerlo. Si disparaba podían matar a Pamela. Entonces, Marc dio la orden de no disparar. Minutos después, todos se subieron en la camioneta para escapar. Uno de ellos, amarró las manos de Pamela y le colocó un pañuelo negro en los ojos. De inmediato, Lucas se subió a una de las camionetas que estaba en el puente y la condujo para seguir detrás de la camioneta que iba secuestrada Pamela.

A unos kilómetros de distancia, estaba otro helicóptero esperando a Pamela para transportarla lejos de allí. Lucas pudo llegar al área, pero no pudo hacer nada. El helicóptero ya estaba en el aire. Él, con rabia, golpeó el guía de la camioneta.

20 EL ENCARGO

A la mañana siguiente, Pamela despertó en el sótano del edificio donde anteriormente se encontraba el juez. Verificó en su bolsillo si el teléfono celular estaba. En uno de los costados estaba un armario lleno de vestidos para mujer, zapatos y collares. Esta se levantó un poco borracha por la droga que le suministraron. Al acercarse al armario vio que todos eran justo de su talla. Una canasta de frutas y agua embotellada adornaban un escritorio que se encontraba en la habitación.

Mientras que Lucas y Kenshi llegaron a la ciudad de Miami. Al salir del aeropuerto, tomaron un coche rentado y condujeron hacia un antiguo hotel. Lucas tenía la corazonada de que encontraría pronto a Pamela.

Ya en el hotel, Kenshi trabajó para localizar las señales que conectaban las cámaras de seguridad que rodeaban los edificios de las empresas Genbiolife. Por otro lado, Marc envió a Lucas la foto de Vinny Denti y sus datos personales. Lucas estaba preparando unos aparatos electrónicos y haciendo pruebas con ellos.

—Rastrea esta foto en las grabaciones de las cámaras. Busca las tarjetas de crédito y sus transacciones. Tenemos que dar con él. —dijo Lucas.

—Ya lo estoy rastreando. Con esta información va a ser más fácil. —dijo Kenshi.

Mientras tanto, Antonio Monet estaba sentado mirando unas transacciones en la computadora, cuando Flavio entró a la misma. La oficina de Antonio era la más lujosa del lugar. Un armario lleno de libros que le daban un toque de seriedad y, en una de las esquinas, estaba ubicada una mesa repleta de finos licores. En la pared, había varios cuadros de pinturas en óleo de un artista muy famoso de Italia.

—¿Ya me tienes mi encargo? —preguntó Antonio.

—Sí. Está en el sótano. —dijo Flavio.

—Excelente, la sobrina del doctor Morgan debe estar muy inquieta. Ya mismo bajo a verla. Tenemos mucho que dialogar. —dijo Antonio.

—¿Necesita algo más? —preguntó Flavio.

—No. Retírate. —dijo Antonio.

Antonio cerró su agenda y se dirigió al ascensor. Mientras que Marcela iba caminando por las oficinas y se encontró en el pasillo a Flavio.

—¿Dónde estabas ayer? —preguntó Marcela.

—Realizando un encarguito del jefe. —dijo Flavio.

—¿Cuál encargo? —preguntó Marcela.

—Lo dejé en el sótano. —dijo Flavio.

En el hotel, Lucas se asomó a la ventana sin que pudieran verlo y miró a los alrededores. En las afueras, se veían las personas caminando por las aceras. Al frente, se localizaba un restaurante muy concurrido de comida japonesa, una tienda de venta de equipos electrónicos y accesorios para reparaciones. En ese instante, Kenshi interrumpió a Lucas.

—Ya tengo la información para localizar a Vinny Denti. Está usando su tarjeta de crédito en un hotel a cinco calles de aquí. Tiene transacciones registradas en una gasolinera y en un restaurante italiano. —dijo Kenshi.

—¡Vamos! Recoge tu chaqueta que vamos de paseo. —dijo Lucas.

En el edificio, Antonio caminó tranquilamente por los laboratorios y llegó al sótano donde se encontraba la doctora. Le indicó al guardia que le abriera. Pamela escuchó unas voces y se levantó del sofá.

Al abrirse la puerta, entró Antonio Monet. Pamela quedo fría al verlo. No podía creer lo que estaba viendo. Se preguntaba si era una alucinación o un espejismo.

—Mi amor. ¿No te alegra verme? —dijo Antonio.

—Damián. —dijo Pamela.

Pamela estaba totalmente sorprendida al darse cuenta que Damián Rosso estaba vivo. Aquel hombre al cual tanto amo y lloró por tantos años.

Sentía el corazón acelerado, le temblaban las manos. No lo podía creer. Damián caminó hacia ella y trató de tocarla. Pamela se alejó.

—Sí. Soy Damián. —dijo Antonio.

—Ahora lo entiendo todo. Tu desaparición, los lotes de medicamentos perdidos y las muestras del virus. Todo lo tenías planeado. Hasta tu muerte. —dijo Pamela.

—Eres muy inteligente. No has cambiado en nada, estás muy hermosa. ¿Cómo está tu tío? ¿Sigue vivo? —dijo Antonio.

—Eres un cínico. No tienes escrúpulos. ¿Por qué mi familia? —preguntó Pamela.

—Tu tío se puso muy difícil y tuvimos que arreglar cuentas. Era la única forma de poder verte de nuevo y poder estar juntos. Solos tú y yo. —dijo Antonio.

—Eres un cretino. —dijo Pamela.

—Te propongo que nos vayamos lejos de aquí. Tengo dinero suficiente para comenzar con una nueva identidad y vivir como reyes. —mira el armario—. ¿Te gustaron los trajes que te encargue? Te verás como una reina. —dijo Antonio.

—Estás demente. —dijo Pamela.

—Piénsalo bien. En nuestras manos está el poder sobre la vida de muchas personas. Tendríamos el control de todo. ¿No era lo que buscabas? —preguntó Antonio.

—Jamás he buscado la fortuna, ni el poder. ¿Quién eres? —preguntó Pamela.

—Pronto vendrán por ti. Te enseñaré tu equipo de trabajo. Te va a fascinar. Lo tendrás todo y cambiarás de opinión. Te veré en un rato, mi amor. Y, por cierto, quiero que te cambies y salgas con uno de esos trajes. —dijo Antonio.

Pamela le quita la mano de su rostro y se queda mirando aquel hombre, que se retira hacia la puerta, aquel a quién amó tanto y ahora era otra persona totalmente ambiciosa y arrogante. El Damián Rosso tierno, que había adorado tanto, había muerto por segunda vez ante sus ojos. Cuando salió Antonio, lágrimas de rabia brotaban de su rostro.

Al salir Antonio al corredor, Marcela lo estaba esperando al otro lado. Antonio la miró y continuó hacia ella.

—Ya escuché todo. Era tu prometida. ¿Por qué la tienes aquí? —preguntó Marcela.

—Tranquilízate. Ella es la única que conoce los pasos del doctor Morgan. La voy a llevar a los laboratorios para que trabaje para nosotros. Estará aquí muy poco tiempo, después haces con ella lo que quieras. —dijo Antonio.

—Tu prometida es muy sentimental. Pobrecita. Creo que ya es hora de que el juez y su familia nos sirvan de algo. Así ella estará bajo nuestro control. —dijo Marcela.

—Encárgate de eso. Yo tengo cosas que hacer. Los clientes están esperando por los demás embarques y las transacciones deben estar reflejadas pronto en las cuentas. Muy pronto nos iremos de aquí. —dijo Antonio.

—Vete a tus quehaceres que yo voy a saludar a tu prometida. —dijo Marcela.

Antonio observa una de las cámaras del corredor, mira al guardia y verifica su reloj. Luego se aleja del lugar.

Pamela estaba de espaldas, se seca las lágrimas y se voltea a ver quién había abierto la puerta. Marcela entra con su sutil andar y mira a Pamela con odio.

—Veo que Antonio no pierde la costumbre de divertirse y traer a sus noviecitas a sus proyectos. —dijo Marcela.

—¡Querrás decir Damián! —dijo Pamela.

—Damián Rosso está muerto. Ahora Antonio Monet es el hombre que acaba de salir. Un empresario con mucho dinero y poder. —dijo Marcela.

—¿A qué viniste? —preguntó Pamela.

—Me gusta saludar a mis viejas amistades. —la mira de arriba abajo—. La visita es corta, pues, no vas a estar mucho tiempo aquí. Te tengo un trabajito para que no te aburras tanto. —dijo Marcela.

—¡Ah, sí! Nunca pierdes la oportunidad. Total, siempre ha sido tu costumbre aprovecharte de los demás. —dijo Pamela.

—Esa es la regla número uno de este negocio. El ejército quiere el poder, las empresas generan capital, la gente se siente protegida y yo me aprovecho de la debilidad de los demás. —dijo Marcela.

—El plan perfecto. ¡Qué tal si me niego! —dijo Pamela.

—¡Negarte! No tienes alternativa alguna. Eres tan débil como los demás. Quien más que tú para poder tranquilizar al juez y a su familia. Además, ellos no son los únicos que te necesitan. El mundo entero te va a necesitar. —dijo Marcela.

—Me doy cuenta que Damián nunca tuvo tantas neuronas ni la sangre tan fría para planificar el trabajo sucio de todo esto. Todas estas muertes están en tu conciencia. Si es que aún tienes. ¿Cuántas más? —preguntó Pamela.

—Las que sean necesarias. Incluyendo la tuya. —dijo Marcela.

—¿Terminaste? —preguntó Pamela.

Nuevamente, Marcela la mira de arriba abajo, tratando de hacer sentir a Pamela insignificante ante ella. Pamela, en un movimiento, se cruza de brazos. Después, Marcela pasa sus dedos ante el polvo de una de las mesas, mira los zapatos del armario, se limpia las manos con uno de los trajes y sale del lugar con sus aires de grandeza. Antes de cerrar la puerta dice: "Chao, Pame".

21 TRAS LA PISTA

Lucas y Kenshi se encontraban en el hotel donde se hospedaba Vinny Denti. En el estacionamiento, vieron salir a Vinny subirse a una camioneta blanca. Lucas le tomó una foto a la tablilla de la camioneta y se la envió a Marc. Lucas condujo manteniendo discretamente a una distancia detrás de la camioneta blanca. Ese día, Vinny iba de camino a encontrarse con su hermano en el restaurante italiano de siempre. Al llegar frente al restaurante, dejó su camioneta y las llaves se las entregó a uno de los empleados. Lucas y Kenshi se estacionaron en una de las calles. Minutos después, Flavio y Antonio llegaron al lugar en una lujosa camioneta.

–Kenshi, los tenemos. Esos son los hombres detrás del secuestro y el negocio de los dispositivos. Mi corazonada no me falló. –dijo Lucas.

–¿Vamos a informárselo a Marc? –preguntó Kenshi.

–Aún no. Yo confió en Marc, pero no en la gente del Pentágono. Además, la vida de Pamela está en peligro y le prometí que la sacaría de esto. –dijo Lucas.

–¿Pamela te gusta mucho? –preguntó Kenshi.

–No te lo niego. Es más de lo que yo esperaba. –dijo Lucas.

–¡Uff! Ya te enredó. No te niego que la sobrina sacó la belleza de su tía. –dijo Kenshi.

–¡En esas estás! –dijo Lucas.

–¿Es pecado mirar? –preguntó Kenshi.

–Eso lo discutimos después. Vamos a trabajar. –dijo Lucas.

Lucas y Kenshi caminaron discretamente hasta el estacionamiento soterrado donde estaban ambas camionetas. Mientras Lucas distrajo al empleado a cargo de la seguridad, haciéndose pasar por un turista buscando una dirección; Kenshi, en un movimiento rápido, colocaba los artefactos electrónicos de rastreo que habían preparado. Al terminar, salió del lugar. Lucas terminó su conversación con el empleado y se marchó.

Minutos más tarde, en el edificio, el guardia de seguridad escoltaba a Pamela a los laboratorios. Ella caminaba en silencio. No podía creer lo que estaba pasando. Se preguntaba si en realidad ellos conocían lo que estaban fabricando y su propósito. No poseían una licencia, todo era ilegal. Pamela miraba las pantallas con los diagramas que mostraban la fabricación de los dispositivos. En un área designada, salían las piezas de los dispositivos de rastreo con un perfeccionado receptor; en otra área limpiaban las piezas para cumplir con los requerimientos de cirugía. Luego, ensamblaban todas las piezas con el microchip diseñado para almacenar el registro médico y otros fines. Todo un protocolo perfecto.

Al subir al ascensor, el guardia la condujo al área donde se encontraban las neveras y demás equipos del laboratorio. Allí un grupo reducido de científicos de distintas partes del mundo se encontraban laborando con los diferentes prototipos de virus. Al percatarse de su presencia, se colocaron a su disposición. Ellos conocían muy bien de sus trabajos publicados y los del doctor Morgan. Pamela, muy profesional, se colocó la bata y se fue con los científicos a comprobar los trabajos que se estaban realizando. Tenía que ganar tiempo y buscar una solución para poder salir de allí. Sentía mucha tensión entre ellos. Todos habían sido sentenciados a estar en aquel lugar totalmente vigilado por las cámaras. Era como una prisión de alta seguridad.

Vinny, Flavio y Antonio habían separado un salón privado en el restaurante. Allí discutieron los pormenores de las últimas transacciones para desplazarse a México a una planta de procesamiento clandestina. Allí continuarían sus próximas operaciones. El plan se estaba llevando a cabo a la perfección y en total anonimato. Al terminar la junta, Antonio y Flavio se fueron del lugar. Vinny fue el último en salir. Lucas y Kenshi los siguieron hasta el hotel. Según el historial de la tarjeta de crédito de Vinny, siempre acostumbraba a ordenar una botella de vino gran reserva en las noches.

Kenshi entró por la cocina del hotel, fue a uno de los casilleros y se cambió de ropa, haciéndose pasar por mesero. Lucas se vistió utilizando la ropa de una empresa de comunicaciones. Así pudo entrar a las áreas de las utilidades y controlar la cámara de seguridad del piso. Luego, salió del área y se encontró con Kenshi en el ascensor. Al subir al piso donde se encontraba Vinny, Kenshi tocó la puerta de la habitación. Lucas se había escondido en las escaleras de emergencia.

Vinny estaba fumando un cigarro cuando escucha la voz que decía: "Servicio para la habitación". Él dejó la copa y sacó su arma. Este caminó hacia la puerta, parándose a un costado, miró por el ojo de la puerta y vio al mesero. Entonces, bajó el arma y abrió la puerta cuidadosamente.

—Señor, le traje su botella de vino. —dijo Kenshi.

—Excelente. Colócala allá en la mesa. —dijo Vinny.

Kenshi entró a la habitación. Vinny lo observaba, Lucas, sigilosamente, salió de la escalera y le apuntó con un arma en la cabeza.

—No se te ocurra hacer nada. Baja el arma. —dijo Lucas.

Vinny bajó el arma cuidadosamente. La ubicó en el piso. Lucas lo empujó hasta el sillón. Kenshi recogió el arma del piso. Vinny mantuvo las manos arriba.

—Al fin, desgraciado, te tengo. Kenshi, quítale la cartera y todo lo que tenga en los bolsillos. —dijo Lucas.

—Son unos estúpidos. No van a encontrar nada. —dijo Vinny.

—Vas a cooperar quieras o no. —dijo Lucas.

—Si me llevas, me rastrearán. Si salgo del perímetro, me matarán. —dijo Vinny.

—Kenshi, trae el maletín que dejé en la escalera. —dijo Lucas.

—¿Qué van hacer? —preguntó Vinny.

—Tranquilo. Lo que te vamos hacer va a ser rápido. —dijo Lucas.

Kenshi regresa con el maletín. Vinny sudaba copiosamente. Lucas lo seguía apuntando.

—Kenshi, saca el escáner. Verifica en qué parte del cuerpo este tiene el dispositivo. —dijo Lucas.

Kenshi toma el escáner y comienza a revisar a Vinny. De pronto, la luz del escáner se enciende justo en la mano derecha de Vinny. Lucas le da una soga y un pañuelo a Kenshi. Este amarra las manos al sillón y le coloca el pañuelo en la boca . Lucas saca una navaja de su bolsillo y le hace una señal para que proceda. Kenshi le entierra la navaja entre los dedos y le saca el dispositivo a sangre fría. Vinny se retorcía del dolor.

—¿Algo más, jefe? —preguntó Kenshi.

—Conecta el microchip del dispositivo y revisa el receptor con la computadora y el descodificador. Baja toda la información.

Necesitamos simular uno igual. Toma la tarjeta de empleado y crea dos más. —dijo Lucas.

Lucas se acerca a Vinny y le hace presión en la herida. Le quita el pañuelo de la boca.

—¿Dónde tienen a la doctora Miller? Contesta o te mueres. —preguntó Lucas.

—Vete al demonio. —dijo Vinny.

Lucas le pone el silenciador al arma y le apunta en la columna vertebral.

—Contesta la pregunta o te dejo paralítico. —dijo Lucas.

—Se encuentra en el sótano, pero no van a poder llegar hasta allí. Está fuertemente custodiado. Mi hermano los va a destrozar. —dijo Vinny.

Kenshi, utilizando la computadora, saca un plano del edificio e identificó dónde estaba la doctora. Logra hacer un mapa de las líneas de frecuencia donde se rastreaban los dispositivos. Lucas le coloca de nuevo el pañuelo en la boca a Vinny.

—Todos los dispositivos están programados hasta un punto en común en el edificio. Allí debe estar la computadora matriz. —dijo Kenshi.

—Tenemos que desactivar esa máquina. Saca unas copias de las huellas digitales de sus manos y escanea sus ojos. —dijo Lucas.

—Lucas, eres un genio. A ver, déjeme ver sus manos. Vinny, abra bien los ojos. —dijo Kenshi.

–¿Ya tienes la muestra de los ojos? –preguntó Lucas.

–Sí. –dijo Kenshi.

–Este sedante lo hará dormir hasta mañana. –aplica un sedante a Vinny–. Esta noche tenemos que entrar. –dijo Lucas.

Ambos recogieron sus cosas y salieron del hotel. Vinny quedó totalmente inconsciente.

22 LA SORPRESA

En el estacionamiento, Lucas y Kenshi se montaron en la camioneta de Vinny. Ambos se dirigieron hasta el puesto de seguridad de la empresa. La camioneta tenía los cristales oscuros y un sello electrónico que le permitía entrar por el área de los empleados. El guardia salió y los saludó al pasar pensando que se trataba de Vinny. Lucas tenía una ropa y una gorra que tomó de la habitación de Vinny, que apenas, le dejaba ver el rostro. Entretanto, Kenshi estaba en el asiento de atrás escondido. Al llegar, al lado lateral del edificio, Kenshi salió, esquivando la cámara de seguridad, así lograría llegar hasta esta para colocarle un artefacto. Kenshi le envía un mensaje a Lucas diciendo: "listo". Este entra por la puerta que lo conduciría al área de las utilidades.

Lucas se estaciona en un lugar de menos iluminación, pero cerca del edificio. En su chaqueta larga llevaba su arma. Se acomodó una mochila en la espalda y luego caminó hasta la puerta de seguridad. Allí, pasó la tarjeta de empleado que le daría acceso de inmediato al primer piso. Él se había grabado en la mente el mapa del edificio. Tenía que pasar por varios obstáculos antes de llegar a donde estaba Pamela. Caminó hasta el puesto de seguridad y tocó la puerta sin dejar ver su rostro.

El guardia abrió la puerta y dijo: "señor Denti". Lucas se volteó y lo golpeó en el cuello dejándolo inmóvil. Lo sujetó por los brazos y lo regresó a la silla. Miró los monitores y pudo ver a Pamela. Aún le quedaba un obstáculo más para lograr llegar a donde ella. Este sujetó uno de los radios y se lo puso en el bolsillo. Salió al pasillo, pero esta vez con la ropa de guardia de seguridad y continuó hasta donde estaba el otro guardia dando la ronda. El guardia, al ver a Lucas, pone la mano en su arma. Lucas se acercó.

–Compañero, hay cambio de turno. Debes irte al puesto. –dijo Lucas.

–Muy bien. ¿Y Jorge? –preguntó el guardia.

–También fue relevado. Este es su radio. –dijo Lucas.

El guardia miró el radio y quitó su mano de su arma. El guardia confió en lo que le dijo Lucas y se retiró caminando por el lado derecho frente a Lucas. En ese momento, Lucas aprovechó el instante y lo golpeó en la nuca dejándolo inmóvil. El guardia cayó al piso. Este le rebuscó los bolsillos, tomó las llaves y el arma de fuego. Abrió la puerta. Pamela, al verlo, salió corriendo a sus brazos y le dio un beso.

–Sabía que vendrías. –dijo Pamela.

—¿Estás bien? Con ese traje te ves hermosísima. —dijo Lucas.

—Por favor, sácame de aquí. —dijo Pamela.

Lucas le tomó la mano y le entregó el arma de fuego que le quitó al guardia.

—¿Sabes usarla? —preguntó Lucas.

—Le quito el seguro, apunto y disparo. —dijo Pamela.

—Bueno, algo es algo. Sígueme. —dijo Lucas.

Ambos, cuidadosamente, salieron del área hasta llegar a la salida del edificio.

—Toma las llaves de la camioneta y sal de aquí. —dijo Lucas.

—No te voy a dejar solo. —dijo Pamela.

—Tienes que irte. Tengo que sacar a mi compañero Kenshi de aquí. —dijo Lucas.

—Somos pareja, no te puedo dejar. Voy contigo. —dijo Pamela.

—No hagas esto más difícil. —dijo Lucas.

—Yo sé dónde están los virus y cómo destruirlos. Y quiénes son los cabecillas. Sus nombres son Marcela Corning y Damián Rosso. —dijo Pamela.

—¿Tu difunto exnovio? —preguntó Lucas.

—Sí. ¿Cómo lo sabes? —preguntó Pamela.

—Leí tu expediente. Es mi trabajo. —dijo Lucas.

—Ahora su nuevo nombre es Antonio Monet. —dijo Pamela.

—Ahora todo encaja. —coloca su mano en el rostro de Pamela—. Tenemos que ser rápidos. —dijo Lucas.

Flavio llegó a la caseta del guardia. Bajó el cristal de la puerta de su camioneta y saludó al guardia. Luego, siguió al estacionamiento y se percató que la camioneta de su hermano estaba en el lugar. Flavio tomó su teléfono celular y llamó a su hermano, pero este no contestó. De inmediato, llamó a la extensión de los guardias del sótano y nadie contesto. Agarró su arma, se estacionó y se trasladó hacia el área del sótano. Para su sorpresa se encontró con los guardias inconscientes y, al llegar al área donde tenían de rehén a la doctora, estaba vacía. Flavio llamó a la caseta principal de los guardias y dio órdenes de no dejar salir ni entrar a nadie.

Al otro lado, Lucas y Pamela entraron por una de las puertas del edificio que los conectaría donde estaban los laboratorios. Uno de los científicos, llamado Simón, que se encontraba en el lugar, al ver a Pamela y a Lucas se sorprendió.

—Doctora, ¿qué hace aquí? Es peligroso. —dijo Simón.

—Simón, ¿dónde están Marcela y Antonio? —preguntó Pamela.

—Hace un rato salieron de aquí con unas muestras. —dijo Simón.

—Doctor, ¿dónde están los virus? —preguntó Lucas

—Simón, pronto vamos todos a salir de aquí. Necesito tu discreción y ayuda. Solo tienes que abrir la bóveda. —dijo Pamela.

—Entiendo. —dijo Simón.

—Tenemos que ser rápidos. ¿Dónde está? —dijo Lucas.

—Por allá. Síganme. —dijo Simón.

Lucas, Simón y Pamela llegaron a la bóveda. Simón, con su tarjeta, ayudó a abrir la puerta. Lucas entró y le instaló un aparato que explotaría en un tiempo programado. Mientras Pamela, con su arma de fuego, estaba afuera velando el corredor. Lucas y Simón salen y le hacen una señal a Pamela para desplazarse fuera del lugar.

Al otro lado, Kenshi logró instalar un virus de computadoras al equipo que controlaba los dispositivos. Al terminar, le colocó al equipo un aparato que explotaría en un tiempo programado. Después, le envió un mensaje a Marc con las coordenadas del edificio. Este estaba en la espera de la señal para indicarle a su equipo el lugar donde tenían que dar apoyo.

Flavio subió a la oficina donde estaba Antonio y Marcela. Esta estaba con una copa de champagne. Antonio, al ver a Flavio sudoroso, se levantó del escritorio de inmediato.

—La doctora escapó del sótano. Ya di órdenes a los guardias de la caseta principal de no dejar entrar ni salir a nadie del área. —dijo Flavio.

—Avísale a los guardias para que la busquen de inmediato. No quiero más errores. —dijo Antonio.

Flavio tomó el radio y dio un alerta a los guardias. Lucas escuchó el mensaje por radio. De inmediato, le envió un mensaje a Kenshi para que avisara al piloto del helicóptero y se encontraran en la azotea.

—¿Qué vas a hacer? —preguntó Pamela.

—No tenemos tiempo. Ustedes tienen que llegar a la azotea. —le dio un beso a Pamela—. Yo los alcanzo luego. —dijo Lucas.

Lucas los cubrió hasta que Pamela y Simón lograron llegar a las escaleras de emergencia que los conduciría hacia la azotea. Kenshi había logrado entrar a las escaleras de emergencia, luego de dispararle a un guardia. Pamela empezó a subir rápidamente cuando un guardia abrió una de las puertas. Simón forcejeó con él, pero el guardia le disparó. El guardia, al subir el arma de fuego para dispararle a ella, recibió un balazo de Kenshi.

—Vamos. No hay tiempo. Tenemos que salir de aquí. Vamos. —dijo Kenshi.

Kenshi logró atinar dos disparos y sacar a dos guardias del camino hasta que llegaron a la azotea. Kenshi ayudó a Pamela a subir al helicóptero.

—Kenshi, ¿qué vas hacer? —preguntó Pamela.

—No voy a dejar a mi amigo solo. —dijo Kenshi.

Pamela se coloca el cinturón de seguridad y se quedó observando el área. Mientras que otro agente en el helicóptero protegió a Pamela. Kenshi le hizo una señal al piloto para que se alejara.

Dentro del edificio, unos guardias y Flavio llegaron a los laboratorios y se percataron del explosivo. Flavio rompió el cristal de la alarma de fuego y todas las alarmas se activaron. Marcela y Antonio tomaron sus cosas y salieron a buscar su camioneta acompañados de unos guardias.

Lucas se vistió con una de las batas de los doctores y burló a los guardias entre los trabajadores que salían despavoridos del lugar, logrando tomar otra escalera que le daría acceso a las oficinas de Antonio y Marcela. Flavio notó que un doctor se separó de los trabajadores y se fue detrás de él. Lucas llegó a la oficina de Antonio y la encontró vacía. Notó una sombra, en un giro rápido se volteó y le disparó a Flavio en la mano. Este dejó caer el arma de fuego. Lucas le apuntó a la cabeza.

—¿Dónde está Antonio? —preguntó Lucas.

—Muy lejos debe estar. —dijo Flavio.

Lucas le quitó la tarjeta de acceso y las llaves. Después lo golpea en la nuca dejándolo inconsciente. Salió del área utilizando los accesos que le permitía la tarjeta. En una de los áreas de seguridad, vio por el monitor a Antonio, con un maletín, camino a un estacionamiento privado que se encontraba en el otro edificio del lado. Marcela había logrado montarse en su camioneta y salió del edificio. De repente, comenzaron las explosiones en el lugar. Lucas salió hacia el estacionamiento, presionó el localizador de las llaves para que se activara la alarma de la camioneta de Flavio. Rápido se subió a la camioneta y salió en busca de Antonio.

Kenshi llamó al teléfono celular de Lucas. Este contestó la llamada.

—¿Dónde estás? —preguntó Kenshi.

—Saliendo del edificio, voy detrás de Antonio. ¿Y tú? —preguntó Lucas.

—Ya Pamela se fue en el helicóptero y regresé a terminar esta misión. — dijo Kenshi.

—Te dije que te fueras con Pamela. –dijo Lucas.

—Ella está a salvo. No puedes completar tú solo la misión. –dijo Kenshi.

—Ok. Toma una camioneta y sal de ahí. –dijo Lucas.

—Acabo de ver a una mujer elegantísima, vestida con un traje lujoso, en una camioneta blanca, salir como un demonio. –dijo Kenshi.

—Ve detrás de ella. Debe ser Marcela. –dijo Lucas.

—Entendido. –dijo Kenshi.

Lucas logró ver la camioneta donde iba Antonio y aumentó la velocidad para alcanzarlo. En un momento, Lucas estaba muy cerca de la otra camioneta. Antonio agarró un arma y comenzó a dispararle. Pero, Lucas se acercó más y este se pegó a la camioneta de Antonio para tratar de sacarlo de la calle. Este pierde un poco el control y deja caer el arma. Antonio toma otro atajo y aumenta la velocidad. Lucas hace lo propio hasta alcanzarlo. De nuevo, golpeó fuertemente la camioneta de Antonio, haciéndola dar muchas vueltas hasta volcarse y chocar contra un árbol. El tanque de la gasolina comenzaba a botar el líquido. Antonio estaba muy mal herido y la cara ensangrentada. Lucas se estaciona y se bajó para llegar a dónde estaba él. Este lo observó acercarse. En un instante mira su arma, la tomó para dispararle a Lucas. Un hombre, en una bicicleta, cruzó frente a

Lucas. A la misma vez, este desenfundó su arma, en un giro empujó al hombre de la bicicleta y logró dispararle a la cabeza de Antonio. Sin embargo, la bala del arma de Antonio logró, a la misma vez, alcanzar a Lucas en el estómago, dejándolo mal herido.

A unas millas, Kenshi se encontraba detrás de la mujer sospechosa. La mujer se había dado cuenta y aceleró para distanciarse de Kenshi. Marc había dado órdenes al equipo para cerrar la autopista. La mujer, al verse acorralada, aceleró para escapar por uno de los desvíos; pero el mismo estaba bajo construcción, estrellándose así contra un camión de transporte de hormigón. El impacto fue tan fuerte que se incendió y murió.

Kenshi se bajó de la camioneta y se cercioró que la mujer estaba muerta. Tomó su teléfono celular y llamó a Lucas. Este contestó la llamada.

—Lucas, Marcela murió. —dijo Kenshi.

—Buen trabajo. —dijo Lucas.

—¿Dónde estás? Te oigo mal. —dijo Kenshi.

—Mal herido. —dijo Lucas.

—Voy por ti. ¿Dónde estás? —preguntó Kenshi.

—Cerca del puente… —dijo Lucas.

—Lucas, contéstame. Lucas. —dijo Kenshi.

Kenshi marcó al teléfono celular de Marc, quien se encontraba con Pamela en una de las bases militares.

—¿Qué informes me tienes? —preguntó Marc.

—Marcela está muerta. —dijo Kenshi.

—¿Y Lucas? —preguntó Marc.

—Está mal herido. Logró decir que estaba cerca de un puente. —dijo Kenshi.

—Enviaré a todo el personal para buscarlo. También, comprobaré con la policía local de algún incidente reportado. Voy a terminar la llamada, nos mantenemos en comunicación. —dijo Marc.

—Marc, ¿Qué está ocurriendo? —preguntó Pamela.

—Lucas está mal herido. Lo estamos buscando. —dijo Marc.

—¡Oh, Dios mío! Quiero ir con ustedes. —dijo Pamela.

—Tiene que quedarse aquí. No la podemos poner en riesgo. Es usted el testigo principal. Si le pasara algo, todo esto no valdría la pena. —dijo Marc.

—Por favor, déjeme saber de él. —dijo Pamela.

—Tranquila. Tome este teléfono celular, ahí le llamaré. —dijo Marc.

—Agente Torres, asegúrese de llevar con la escolta a la doctora a la casa de sus abuelos. Asegure la casa y el perímetro. Le encargo la operación. Se comunicará solo conmigo. Luego, llamo para dar más instrucciones. —dijo Marc.

—Sí, señor. —dijo Torres.

—Pamela, vaya con él. —dijo Marc.

—Después de usted, doctora. —dijo Torres.

Marc se fue en el helicóptero y Pamela subió a la camioneta blindada. Él, desde el helicóptero, observó a la escolta que llevaba a salvo a la doctora.

Kenshi buscó el canal de comunicación de la policía y escuchó sobre el accidente cerca del puente. Él logró llegar al lugar. Uno de los paramédicos llevaba en una camilla a Lucas. Kenshi corrió a su encuentro.

–Lucas, ...Lucas, ¿estás bien? –dijo Kenshi.

–Tenemos que llevarlo rápido o lo perdemos. –dijo el paramédico.

–Yo voy con él. Es mi compañero. –dijo Kenshi.

–Adelante. –dijo el paramédico.

La ambulancia salió hacia el hospital más cercano. Kenshi llamó a Marc para indicarle lo sucedido. Este llamó al hospital para conseguir a los mejores doctores y coordinó en su agencia un equipo de seguridad que vigilaría a Lucas.

Minutos más tarde, Lucas se encontraba en el quirófano. Kenshi y Marc se encontraban esperándolo en el corredor. Dos horas después, uno de los doctores salió al pasillo.

–Doctor Coleman, ¿qué noticias nos tiene? –preguntó Marc.

–Los colegas hicieron todo lo posible. Todo dependerá si logra pasar de esta noche. –dijo Coleman.

Marc desde su teléfono celular llamó a Pamela. A ella le informaron sobre las muertes de Marcela y Antonio. Al conocer sobre la gravedad de

Lucas, irrumpió en llanto. Se sentía impotente. Ella solo deseaba poder estar cerca de él. Su tía Margaret, al verla llorar sin consuelo, se acercó y la abrazó.

Al día siguiente, el doctor Coleman fue a examinar a Lucas. Luego, de un intenso análisis salió al pasillo. Aún Marc y Kenshi aguardaban por noticias.

—Marc, le tengo buenas noticias. —dijo Coleman.

—¿Cómo se encuentra? —preguntó Marc.

—Aún muy delicado, pero no presenta infección y la hemorragia fue controlada. Solo queda esperar. La bala le afectó un área cercana a la columna vertebral. —dijo Coleman.

—¡Gracias a Dios! —dijo Marc.

—Más tarde, les seguiré informando. —dijo Coleman.

—Doctor, buen trabajo. —dijo Marc.

—¿Le vas a dar la buena noticia a Pamela? —preguntó Kenshi.

—Tengo instrucciones del Pentágono de notificar que ha muerto. Aún hay agentes investigando y realizando arrestos. No puedo poner en riesgo el plan ahora que estamos tan cerca. —dijo Marc.

—No es justo para ella, ni para él. —dijo Kenshi.

—Se está desarticulando la red. Debo seguir instrucciones. No queremos más víctimas. —dijo Marc.

—Entiendo. —dijo Kenshi.

—Voy a llamarla. —dijo Marc.

—Sí, señor. —dijo Kenshi.

Marc marca al teléfono celular de Pamela. Ella lo había dejado en la mesa. Al escucharlo, salió corriendo a atender la llamada.

—Pamela, le tengo noticias. —dijo Marc.

—¿Cómo está Lucas? —preguntó Pamela.

—Pamela, lamento decirle que Lucas... no sobrevivió la noche. Hicimos todo lo que se pudo. —dijo Marc.

—¡No! No puede ser. —dijo Pamela.

—Lo siento mucho. —dijo Marc.

Pamela dejó caer el teléfono celular e irrumpió en llanto. Margaret y Anna, al escucharla, fueron a consolarla. Pamela sentía un dolor muy grande y una desesperación por no haber estado junto a él.

Esa noche Pamela no pudo dormir. Solo venían a su mente los recuerdos de los pocos momentos que había compartido con Lucas. Se sentía destruida. Al fin, había logrado conocer el amor de su vida y que la misma vida se lo había quitado.

23 LA DESPEDIDA

Días después, se encontraban los compañeros de Lucas, la familia Miller y otros allegados en el Cementerio. El lugar estaba lleno de mucha paz, el ataúd estaba rodeado de flores, mientras se escuchaba a un sacerdote ofrecer los servicios. Algunos agentes estaban cerca del perímetro vigilando para que nadie atentara contra la familia Miller. Mientras Pamela se mantenía parada cerca del féretro con su cara llena de lágrimas.

En su mente, recordaba los momentos que había pasado junto a Lucas, aquel hombre a quien le debía la vida y quien le había robado su corazón. En silencio, le pedía a Dios que se hiciera justicia por tantas muertes. De vez en cuando miraba al cielo, tratando de buscar mantener la calma.

Al terminar el servicio, Pamela le pidió a Marc unos minutos para estar a solas frente al féretro. Marc accedió. Por otro lado, Kenshi acompañó a

Margaret, Anna y a Joe al coche. Pamela se mantuvo por un momento en silencio mirando el ataúd.

—Fisher tenía razón. El destino te trajo a mí. Mi corazón no puede negar que te amo a ti. Es la bendita historia del hilo rojo. —Mirando el brazalete en su brazo—. Que nos unió a ti y a mí. —entre lágrimas—. Nunca te voy a olvidar. —dijo Pamela.

Esta sujetó el brazalete de su mano izquierda y se lo quitó. Entonces, guardó el brazalete en el bolsillo de su abrigo.

Esa misma mañana, Lucas había sido sometido a una cirugía de menor grado para corregir parte del área afectada por la bala. Luego de la cirugía, fue trasladado a una habitación privada. A este lo tenían sedado por varias horas para evitar alguna complicación. Más tarde, Lucas despierta y reacciona adolorido. Kenshi se encontraba sentado en la butaca leyendo un libro cuando se da cuenta que su amigo despierta.

—¿Cómo te sientes? —preguntó Kenshi.

—Un poco adolorido. ¿Cuánto tiempo llevo aquí? —preguntó Lucas.

—Varios días. —dijo Kenshi.

—¿Cómo está Pamela? —preguntó Lucas.

—Bien. Está muy ocupada asistiendo como testigo en el juicio. —dijo Kenshi.

—¿Ella sabe que estoy aquí? —preguntó Lucas.

—No. —dijo Kenshi.

—¿Por qué no? —preguntó Lucas.

—Marc recibió órdenes directas de mantener tu condición en secreto. —dijo Kenshi.

—¿Qué me quieres decir? —preguntó Lucas.

—Pamela fue notificada de tu fallecimiento. —dijo Kenshi.

—Están locos. ¿Cómo le hacen eso? Quiero hablar con ella ahora mismo. —dijo Lucas.

—Lucas, la vas a poner de nuevo en riesgo. Entiéndeme, Vinny y su hermano aún están prófugos de la justicia. —dijo Kenshi.

—¿Cómo? —dijo Lucas.

—Marc está con un equipo de trabajo rastreando a ambos por México y Colombia. —dijo Kenshi.

Lucas se queda pensativo por un momento.

—¿Qué piensas? —preguntó Kenshi.

—Esos tipos no pueden estar muy lejos. Han perdido mucho dinero y deben de estar a la espera de una oportunidad para vengarse. Tan pronto termine el juicio van a ir detrás de Pamela y su familia. —dijo Lucas.

—¿Cuál es tu plan? —preguntó Kenshi.

—Necesito que trabajemos juntos, pero en completa discreción. Mientras estés en el hospital, necesito que rastrees de nuevo a Vinny. Tú tienes sus huellas y demás datos. Esa rata debe estar cerca esperando para poder atacar. Ellos van a utilizar las mismas artimañas que nosotros. Van a tratar de rastrear a Pamela. –dijo Lucas.

–Eres un genio. Has sido mi mejor maestro. –dijo Kenshi.

–Recuerda, hay que pensar como ellos. Llévate las llaves de mi casa y utiliza todo mis equipos. Prepara un teléfono celular para mí para que nos mantengamos en contacto a diario. –dijo Lucas.

–¿Le vas a informar a Marc? –preguntó Kenshi.

–A su tiempo. –dijo Lucas.

–Pues no se hable más. ¡Empecemos! –dijo Lucas.

En esos momentos, entran una enfermera y el doctor a examinarlo. Kenshi aprovechó para despedirse.

Media hora más tarde, Lucas se encontró solo en la habitación. Era cuestión de días para poder salir de allí y así recuperar su vida. Esta vez tenía que terminar con lo que había empezado. No podían quedar cabos sueltos por el bien de todos. Además, le ilusionaba pensar que podía rehacer su vida y ahora más, pues, Pamela lo llenaba de ilusión, sentía que ella era la mujer ideal.

Samantha había sido una mujer muy especial a la cual le agradecía el haberle dado una hija y el haber sido una buena esposa. Pero, lo que sentía por Pamela iba más allá de lo que él había sentido antes por una mujer. Era algo diferente y eso lo llenaba de fuerzas para luchar por ella.

Kenshi llegó a la casa de Lucas y comenzó a trabajar. Encendió todos los equipos que estaban en el sótano de la casa. Lucas tenía una habitación especializada de alta tecnología para rastrear objetivos. Kenshi comenzó buscando pistas que lograran conectarse con Vinny y Flavio. Lucas le había enseñado muchas cosas. Había sido su mejor maestro. Kenshi pasó todo la tarde y la noche trabajando en el sótano. Rocky, de vez en cuando, se acercaba a él en busca de una caricia.

Mientras, en la casa de la familia Miller, Pamela se encontraba sentada en el balcón tomando un té mirando a su alrededor. La luna estaba estupenda. Esa noche no podía dormir recordando todas las cosas que le habían ocurrido y de la suerte de estar viva. Sabía que era cuestión de tiempo para salir del juicio y regresar a la Isla. Necesitaba alejarse un poco para ordenar sus ideas. Es, entonces, que Margaret abre la puerta y camina por el balcón hasta dónde estaba Pamela.

—Hija, ¿No puedes dormir? —preguntó Margaret.

—Tía, tengo muchas cosas en la cabeza que no me dejan dormir. —dijo Pamela.

—¿Piensas en Lucas? —preguntó Margaret.

—Sí. No dejo de pensar en él. No me resigno. —con lágrimas en los ojos—. No se merecía morir. —dijo Pamela.

—Te entiendo. —dijo Margaret.

—He tomado una decisión. —dijo Pamela.

—¿Qué vas hacer? —preguntó Margaret.

—Me regreso a la Isla luego del juicio para organizar mis ideas. —dijo Pamela.

—¿Estarás mucho tiempo? ¿Quieres que te acompañe? —preguntó Margaret.

—No. Prefiero hacerlo sola. —dijo Pamela.

—Tú debes de regresar a la universidad a impartir clases. Tu tío estaría feliz de tenerte trabajando con él. —dijo Margaret.

—Lo voy a tomar en consideración. También he pensado irme a Europa un tiempo. —dijo Pamela.

—Lo que tú entiendas que es lo mejor para ti. —le toma la barbilla—. Siempre contarás conmigo. —dijo Margaret.

—¡Gracias, tía! —dijo Pamela.

—Me voy a quedar aquí abrazándote y mirando esa hermosa luna. Como lo hacíamos antes. ¿Recuerdas? Cuando pequeña, eras muy curiosa. —dijo Margaret.

Margaret y Pamela pasaron algunas horas mirando la luna y disfrutando la noche en el balcón.

24 CYBERCAFE

A la mañana siguiente, Marc se encontraba en el Pentágono rindiendo informes de los operativos realizados y los resultados. Las preguntan surgían a vuelta redonda. El hecho de que el ejército estuviese involucrado con los dispositivos tenía que mantenerse en total y absoluto secreto. La muerte de los militares se anunciaría como un ejercicio militar accidentado para evitar un caos ante la opinión pública. Los noticieros no paraban de presentar reportajes por el cierre de las compañías VPS y Genbiolife. En la televisión se mostraban vídeos de la explosión en los almacenes en el edificio en Miami. Los reporteros argumentaban que el fuego se debía a la combustión instantánea de algunos químicos, la falla del sistemas de incendios y la falta de licencias para operar dicho lugar.

Al otro lado, en la sala del tribunal donde se llevaba el caso de evasión contributiva, soborno a un juez y manejo de experimentos no autorizados por parte de la compañía VPS y Genbiolife, estaba Pamela que la estaban interrogando. Cerca de la sala, también estaban en espera de ser llamados Margaret, Joe, Anna y otros testigos del caso.

Los periodistas estaban a las afueras con sus equipos esperando que saliera algún participante del juicio para poder interrogarlo. El cierre de estas dos compañías levantaba el interés público debido a los miles de empleados que perdieron sus trabajos, las varias compañías que se quedaron sin recibir el pago por sus servicios prestados, entre otros.

En el hospital, Lucas observaba las noticias en espera de alguna toma de cámara y poder ver a Pamela salir por alguna puerta. En ese momento, suena el teléfono de la habitación. Lucas suelta el control remoto del televisor y contesta la llamada.

—¡Hola! —dijo Lucas.

—Lucas, ¿cómo te has sentido? —preguntó Marc.

—Hermano, mucho mejor. —dijo Lucas.

—Me imagino que Kenshi te puso al tanto. Quiero disculparme contigo por no poder estar ahí para decirte la verdad de lo que está pasando. —dijo Marc.

—Marc, entiendo más de lo que te imaginas. Me tocó a mí el golpe y tengo que asimilarlo. —dijo Lucas.

—Hoy estoy en el Pentágono haciendo unas gestiones, pero regreso mañana. Quiero reunirme contigo para que hablemos de tu futuro y lo que quieres hacer. —dijo Marc.

—Tranquilo, lo que quiero es salir de aquí. —dijo Lucas.

—El doctor me notificó que mañana regresas a tu casa. Pronto pasará a confirmártelo. —dijo Marc.

—¡Gracias! —dijo Lucas.

—En lo que pasa el juicio, necesito que te vayas a un hotel y te mantengas en anonimato por un tiempo. —dijo Marc.

—Vinny y Flavio no van a descansar hasta tomar venganza. —dijo Lucas.

—Tengo agentes rastreando a ambos. —dijo Marc.

—Yo voy a hacer lo mismo. —dijo Lucas.

—Sabes que cuentas conmigo, pero necesito que te mantengas en absoluto anonimato. —dijo Marc.

—Hermano, gracias por apoyarme. —dijo Lucas.

—Bueno, mañana terminamos esta conversación. Tengo que regresar a la junta. —dijo Marc.

Lucas terminó la llamada, Kenshi llegó con unas frutas y le entregó el teléfono celular.

—Veo que te desvelaste anoche. —dijo Lucas.

—Rocky te extraña y no dejaba de molestarme trayéndome una pelota para jugar. —dijo Kenshi.

—Ese es su juguete favorito. —dijo Lucas.

—Lucas, necesito entrar a la computadoras centrales del Pentágono. ¿Crees que uno de tus contactos nos ayude? —dijo Kenshi.

—Voy a llamar al teniente Santiago. Él es el único que puede dar acceso. —dijo Lucas.

—Como sé que estás desesperado por trabajar, te traje tu computadora portátil. —sacando la computadora de su mochila—. —dijo Kenshi.

—Excelente. Está sonando el teléfono celular. Vamos a ver si me contesta. —dijo Lucas.

—Bueno. —dijo Santiago.

—Teniente Santiago, le habla Lucas Maxwell. —dijo Lucas.

—¿Cómo se encuentra Maxwell? —preguntó Santiago.

—Bien. Necesito un favor suyo. —dijo Lucas.

—Usted dirá. —dijo Santiago.

—Necesito acceso a las computadoras del Pentágono. Sería una pequeña ventana de acceso por par de minutos. —dijo Lucas.

—Me pone en aprietos. —dijo Santiago.

—Teniente, esto es una emergencia, no podemos perder más tiempo y necesitamos tener ese acceso. —dijo Lucas.

—Esta tarde tendrán el acceso, pero por par de minutos. —dijo Santiago.

—Excelente. Sabía que usted es de confiar. —dijo Lucas.

Lucas termina la llamada y mira a Kenshi.

—Ya la vas a tener. ¿Qué buscas? —preguntó Lucas.

—Varios intentos de rastreos están saliendo de una cuenta del Pentágono. Alguien está muy interesado en conseguir el rastro de los hermanos Denti. —dijo Kenshi.

Lucas se queda pensativo por un momento y comienza a atar cabos de las acontecimientos que le ocurrieron en el pasado.

—Kenshi, quiero que averigües quién es el agente Torres. —dijo Lucas.

—¿Qué te traes? —preguntó Kenshi.

—El agente Torres apareció de la nada en la escena de aquel accidente que tuvimos Pamela y yo. Cuando hubo el intercambio del dinero, recuerdo que fue de los primeros en bajar el arma. —dijo Lucas.

—¿Tienes otra corazonada? —dijo Kenshi.

—Si alguien sabe de los operativos es porque tiene acceso directo con nuestra gente. Ve y averigua más de él. —dijo Lucas.

—Pues, me retiro de nuevo. Paso más tarde por acá. —dijo Kenshi.

Kenshi se retiró y Lucas se quedó mirando el televisor. Es cuando, efectivamente, pudo ver a Pamela salir escoltada por los guardias de seguridad del tribunal y un abogado. En ese momento, estaba admirando lo hermosa que se veía Pamela con el traje que llevaba puesto ese día. Era un traje entallado a su delgada figura, color marrón, justo al color de sus hermosos ojos. Ese día llevaba puesto unos zapatos altos, los labios rojos y estaba bien maquillada. Lucas se quedó todavía más anonadado con su caminar tan elegante.

Los guardias de seguridad evitaron que los reporteros y camarógrafos se acercaran a la doctora. A la salida del tribunal, los reporteros no paraban de tratar de interceptar a cada persona que salía del edificio para hacerles preguntas. La prensa internacional también se encontraba presente, además, de los curiosos que se acercaban al lugar.

Minutos después, Kenshi se encontraba tomando café en el Cybercafe y trabajaba en su computadora. Anna, con dos amigas, entró al lugar. Ellas escogieron una mesa para sentarse. Cuando Anna acomodó su cartera, se dio cuenta que en una mesa cercana estaba Kenshi muy entretenido mirando la pantalla de la computadora. Esta se levantó de la mesa y le dijo a las amigas que iba a saludar a un amigo y que regresaba. Las amigas le sonrieron con picardía y continuaron hablando entre ellas. Entonces, Anna se acercó a Kenshi. Este levantó la cabeza y reconoció a Anna. Se levantó de su mesa.

–¿No te interrumpo? –preguntó Anna.

–En lo absoluto. –dijo Kenshi.

—Desde el funeral de Lucas, no había tenido la oportunidad de saludarte. —dijo Anna.

—¿Gustas sentarte? —preguntó Kenshi.

—¿Esperas a alguien? —preguntó Anna.

—A nadie. Solo vine a tomar un café. —dijo Kenshi.

—Estoy con unas amigas, pero puedo estar un ratito acompañándote. —dijo Anna.

—Pues, adelante. —dijo Kenshi.

Anna se sentó a la mesa con Kenshi. Este cerró la computadora y la ubicó a un lado. Anna se acomodó. Un mesero se le acercó.

En ese momento, el mesero le tomó la orden. Kenshi observó un pequeño tatuaje en la muñeca izquierda de Anna.

—¿Te gusta la música? —preguntó Kenshi.

—Sí. —dijo Anna.

—¡Qué bien! —exclamó Kenshi.

—Mi gusto por la música se lo debo a mi tía. Pam me regaló un piano cuando yo era pequeña y me enseñó música. Pasábamos horas muertas tocando música en la habitación y jugábamos a escribir canciones. —dijo Anna.

—¿De veras? Yo también tengo canciones escritas por doquier en un estudio que preparé en mi casa. —dijo Kenshi.

—¡En serio! ¿y cuál instrumento musical tocas? —preguntó Anna.

—La guitarra. Bueno, también tengo una batería en la casa. —dijo Kenshi.

—¡Qué bien! —dijo Anna.

—Algún día deberías visitarme… digo con tu tía para que me critiquen mis canciones. ¿Qué te parece? —preguntó Kenshi.

—Lo voy a tomar como una invitación oficial. —dijo Anna.

—Pues, las espero. —dijo Kenshi.

—Kenshi, quiero aprovechar para agradecerte lo que has hecho por nuestra familia. ¡Muchas gracias! —dijo Anna.

—Era mi deber. Con mucho gusto y más ahora que tengo una nueva amiga. —dijo Kenshi.

—Bueno, gracias por el café, pues, mis amigas me esperan. —dijo Anna.

—El agradecido soy yo. —dijo Kenshi.

—En esta servilleta te voy a dejar mi número para que nos dejes saber cuándo podemos ver ese estudio de música. Sé que a mi tía le va a servir para distraerse un rato. —dijo Anna.

Anna se levantó de la mesa. Kenshi, amablemente, se levantó también. Esta se despidió con un beso en la mejilla y siguió caminando hasta la mesa de las amigas. Ellas habían terminado y estaban dejando una propina sobre la mesa. Al salir del Cybercafe, Anna recibió un mensaje de texto a su teléfono celular. Era Kenshi, quien le había enviado su número de teléfono y un mensaje que decía: "la música son palabras del alma". Anna se sonríe y una de sus amigas la interrumpe. Mientras la otra amiga estaba buscando un taxi.

—Yo, tú, no dejaría pasar ese hombre tan bello. —dijo la amiga.

—¿A qué te refieres? —preguntó Anna.

—¿No te diste cuenta cómo te miraba? —preguntó la amiga.

—Estás exagerando. —dijo Anna.

Al subir al taxi, las amigas seguían tratando de persuadir a Anna.

—¡Hola! ¿Qué tienes en esa cabecita? —dijo la otra amiga.

—Ustedes son tremendas. —dijo Anna.

—Para eso somos tus amigas. —dijo la otra amiga.

Anna se sonrió y recordó la imagen de Kenshi. Tenían razón; era un hombre alto, guapo, de una mirada que le daba seguridad y de musculosos brazos. El taxi recorrió las avenidas hasta llegar a la universidad donde las amigas, junto con Anna, iban a asistir a clases. Anna aprovechó y le envió un mensaje de texto a Kenshi, el cual decía: "Gracias por el café. Espero tu llamada".

Kenshi sujetó su computadora portátil y regresó a la casa de Lucas. Desde el Cybercafe, remotamente, había dejado las computadoras procesando la información del agente Torres. Había podido sustraer información del banco de datos de la policía. Mientras él esperaba que Santiago le diera el acceso a las computadoras del Pentágono.

25 CORAZONADA

En el hospital, Lucas seguía trabajando en la computadora tratando de rastrear a Vinny y a su hermano. Estaba esperando que cometieran un error para poder tener alguna pista de dónde se encontraban. Estar en el hospital lo desesperaba, pero sabía que tenía que estar mejor para poder salir a la calle. Pasaba largas horas pensando en cada escena, dándoles vueltas a posibles pistas que lo llevaran a encontrar a los hermanos. Entonces, se da cuenta que es posible que en algún lugar estarían los dispositivos distribuyéndose, que debería existir otro edificio donde ellos tuviesen acceso a continuar el negocio. En cualquier momento, ellos iban a reactivar el negocio en otro lugar. Era cuestión de tiempo para ellos reorganizarse de nuevo. Flavio era el mejor amigo de Antonio Rosso y, de seguro, le conocía cada paso.

Lucas llamó a Kenshi a su teléfono celular. Él contestó rápido la llamada.

—Kenshi, ¿dónde estás? —preguntó Lucas.

—En tu casa, alimentando a Rocky y trabajando en el sótano. —dijo Kenshi.

—Necesito otro favor. —dijo Lucas.

—El que necesites. —dijo Kenshi.

—Rastrea los vuelos de las compañías VPS y Genbiolife. De seguro, encontraremos una pista que nos lleve a encontrar otro centro de distribución de dispositivos. En alguna parte se están reorganizando y nos tenemos que adelantar a ellos. Ahí es que deben estar los Denti. —dijo Lucas.

—Maestro, usted no pierde el paso nunca. —dijo Kenshi.

—Yo, por mi parte, estoy rastreando las inversiones y transacciones de dinero recientes a nuevas compañías de biotecnología. Alguno de los empresarios de esta organización nos dará la pista que buscamos. Es cuestión de horas. —dijo Lucas.

En ese instante, Lucas recibió un mensaje de texto de parte de Santiago donde se leía la palabra: "utopía".

—Kenshi, ya tenemos el acceso. Conéctate rápido. Ya te envié la clave. —dijo Lucas.

Kenshi se conectó de inmediato a la computadora del Pentágono y comenzó a bajar la información. Lucas se levantó de la cama y comenzó a caminar dentro de la habitación, en espera que la información bajara y pensando qué más podía atar que le arrojara pistas. Minutos después, Kenshi, a través de la cámara de la computadora, se conectó a la computadora de Lucas. Este escuchó el tono de la computadora y apretó un botón para ver la imagen.

–Ya tengo toda la información. La voy analizar. Sabes que me tomará como algunas horas poder darte un reporte completo. –dijo Kenshi.

–Excelente, envíame lo que vayas terminando. Así yo sigo trabajando remoto desde acá. –dijo Lucas.

–Cambio y fuera. –dijo Kenshi.

Esa noche fue una noche larga de trabajo entre Kenshi y Lucas. Era como un laberinto poder entrelazar la información. Ambos verificaban varias veces los datos para encontrar una pista que los llevara más rápido a donde estaban los hermanos Denti.

En el hospital, las enfermeras de vez en cuando daban su ronda para revisar los monitores de los pacientes. Lucas solo tenía un suero por vena, pues, le faltaban pocas horas para regresar a su hogar.

Al día siguiente, el doctor apareció por la habitación de Lucas para examinarlo y darle de alta del hospital. Ya Lucas había recogido todo y como era de costumbre le encantaba mirar por la ventana. El doctor lo saluda y le examina la herida. Este le indica que todo estaba perfecto y que había sanado la herida. Entonces, Kenshi interrumpe en la habitación con una silla de ruedas.

—Maestro, ¿estamos listos para irnos? —preguntó Kenshi.

—Sí. El doctor está aquí completando los documentos para irnos. —dijo Lucas.

—Lucas, espero que todo le salga muy bien. Tome estas pastillas si siente dolor. Aquí está la hoja de alta. Ya se puede ir. —dijo el doctor.

—Gracias, doctor. —dijo Lucas.

—Bueno, vámonos. —dijo Kenshi.

Lucas se sentó en la silla y Kenshi lo llevó hasta la entrada del hospital.

—Kenshi, vamos a la casa y me cuentas en el camino qué has encontrado. —dijo Lucas.

Pasadas varias avenidas, Kenshi tomó unos documentos y se los enseñó a Lucas. Era el expediente del agente Torres. Lucas comenzó a leerlo cuidadosamente. En el expediente aparecían transacciones de dinero provenientes del extranjero a unas cuentas de un banco en México. Unas compras de armas de fuego en una armería de California para la misma fecha que Antonio Monet había muerto.

—Sabía que este agente era sospechoso. —dijo Lucas.

—¿Qué tienes en mente? —preguntó Kenshi.

—Necesito quitarme esta barba y hacer unos cambios. Recuerda que estoy muerto. —dijo Lucas.

—Ya era hora. No te vendría mal un cambio de trecientos sesenta grados. —dijo Kenshi.

Minutos después, ambos entraron discretamente al garaje de la casa. Lucas estaba escondido en el asiento. Al cerrar la puerta del garaje, sale de la camioneta, saluda a su perro efusivamente y sigue hasta el sótano.

—No te había contado que me encontré con Anna en el Cybercafe. —dijo Kenshi.

—¿Estaba con Pamela? —preguntó Lucas.

—No. Con unas amigas. —dijo Kenshi.

—¡Qué suerte tienes! —dijo Lucas.

—Intercambiamos teléfono celulares. Pronto voy a invitarla a ella y a Pam a mi estudio. Quedamos en compartir ideas y que viera mis canciones inéditas. —dijo Kenshi.

—¿Cómo es eso? —preguntó Lucas.

—Pam sabe de música y enseñó a Anna. —dijo Kenshi.

—Pam me sorprende cada día más. Pero, no hagas planes, pues, te voy a necesitar en este operativo. Tengo que poner al tanto a Marc. —dijo Lucas.

Lucas subió a la cocina por un café. Allí aprovechó y llamó a su amigo Marc. Este se encontraba en su oficina firmando unos papeles cuando entró la llamada y la atendió.

—Marc, soy Lucas. —dijo Lucas.

—Hermano, ¿cómo sigue tu herida? —preguntó Marc.

—Bien. Pero, no hablemos de mí ahora. Necesito decirte algo muy importante. —dijo Lucas.

—¿Qué sucede? —preguntó Marc.

Entonces, Lucas le dejó saber a Marc que estaba tras la pista de Vinny y Flavio. Que necesitaba verlo en la casa para enseñarle las pruebas que colocaban al agente Torres como sospechoso. Marc, de inmediato, le confirmó que iba para su casa, ya que le interesaba mucho saber más.

Pasada una media hora, Marc llegó a la casa de Lucas. Este y Kenshi estaban preparando unas mochilas con armas, chalecos antibalas y otros equipos para salir. Marc bajó al sótano y ve todas las computadoras que se habían instalado en el área. Unos pasaportes nuevos estaban sobre una mesa.

—Me parece que se han entretenido demasiado sin mí. ¿A dónde van?— preguntó Marc.

—Vamos tras el agente Torres. Según nos informaron, se encuentra de vacaciones por México. —dijo Lucas.

—Tenemos ya dónde se está hospedando y lo vamos a seguir. —dijo Kenshi.

—¿En qué puedo ayudarlos? —preguntó Marc.

—Necesito autorices nuestros gastos. Aquí están las facturas de las computadoras, efectos electrónicos, pasajes, la camioneta rentada, entre otros. A cambio, te vamos a tener informado de todo. —dijo Lucas.

—¿Se te olvida algo? —preguntó Marc.

—Ah, sí. Cuídame a mi perro. —dijo Lucas.

Una hora más tarde, Lucas y Kenshi viajaron en la camioneta que rentaron. Por el camino, hicieron varias paradas para comprar ropa, zapatos y, por último, fueron a un salón de belleza. Allí Lucas se quitó la barba, se cambió el recorte y el color. No era el mismo, todo había cambiado. Hasta Kenshi se sorprendió del cambio. Lucas le entregó una ropa y le dijo que el estilista lo estaba esperando. Una hora después, ambos continuaron el camino hasta llegar a la Ciudad de México para alojarse en otro hotel cerca de donde se encontraba el agente Torres.

26 EL AGENTE

En la noche, Kenshi se encontraba cenando en el restaurante del hotel y observaba su alrededor. Lucas estaba entre las personas sentadas en una cantina cerca de la piscina. Desde el área de la piscina, se podía ver la habitación del agente Torres. En ese instante, Lucas notó que luz de la habitación, donde se hospedaba Vinny, se apagó. Este dejó su trago y envió un mensaje al teléfono celular de Kenshi en el cual indicó que siguiera al agente Torres. Momento seguido, Lucas busca la camioneta y espera que el agente suba a su coche para seguirlo. Kenshi, disimuladamente, sube a la camioneta.

El agente Torres salió del hotel y se dirigió por la avenida. Pasaron unos minutos, se desvió hacia otra avenida para llegar a un restaurante. Allí se bajó y le dejó las llaves al joven encargado del estacionamiento. Esta vez el agente estaba vestido con una ropa de alta costura. Lucas y Kenshi esperaron varios minutos y se estacionaron cerca al lugar. Lucas sacó unos binoculares y observó a las personas que estaban sentadas a través de los cristales de la fachada principal del restaurante. Una mujer muy elegante esperaba al agente. Cuando Lucas enfoca el binocular, se da cuenta que la mujer que estaba recibiendo al agente era Marcela Corning.

—Kenshi, la mujer que murió en el accidente no era Marcela Corning, era otra mujer. —dijo Lucas.

—¿Cómo? —preguntó Kenshi.

—Saca la cámara, ya que la necesitamos para tomar fotos y enviárselas a Marc. —dijo Lucas.

Kenshi sacó la cámara de la mochila y tomó varias fotos. Mientras Lucas siguió observando con sus binoculares.

—Ya las tengo. Las estoy enviando ahora mismo. —dijo Kenshi.

Dos horas más tarde, terminan de cenar y el agente salió del restaurante a buscar su camioneta. Mientras a Marcela su guardaespaldas la estaba esperando en la entrada del restaurante en su camioneta último modelo. Lucas dejó pasar unos segundos para encender la camioneta y discretamente, perseguir a Marcela. Esta se dirigió hacia el norte y, luego, se desvió hacia un área de edificios. Llegó al edificio que estaba fuertemente protegido por personal de seguridad.

Lucas se desvía para otra carretera y se estaciona a pocas calles del lugar. Este le pide a Kenshi que se regrese en la camioneta al hotel y le avise a Marc que existía evidencia que vinculaba al agente Torres con los hermanos Denti y el lugar donde se encontraban. Kenshi tomó el volante y se alejó del área. Entretanto, Lucas se adentra al edificio del frente para observar los movimientos. Sin embargo, en unas calles más adelante, Kenshi es interceptado por unos hombres dirigidos por el agente Torres. Estos le dan una golpiza y lo toman como rehén. Minutos más tarde, Lucas recibe una llamada de Kenshi.

—¡Hola! —dijo Lucas.

—Lucas, tienes que irte. —dijo Kenshi.

Lucas escucha que golpean a Kenshi.

—Quien esté detrás de esta llamada, sea hombre y hable. —dijo Lucas.

—Estás ahora en mi zona y aquí nadie entra sin mi permiso. Te voy a dar quince minutos para que te entregues, sino tu amigo estará muerto. —termina la llamada—. —dijo el agente Torres.

Lucas se quedó pensativo. Solo tenía pocos segundos para reaccionar. Entonces, tomó su mochila, la abrió, tomó una ropa, el chaleco antibalas y se cambió.

El agente llamó a Flavio y le notificó de lo sucedido. Este se puso furioso. Dio órdenes de matar a los dos. Salió de una de las oficinas y fue a notificarle a Marcela que tienen que irse rápido del lugar. Los embarques de la droga tenían que salir del país, sino iban a perderlo todo. Flavio le dio órdenes a su hermano para que lo esperara en las avionetas que se encontraban a dos kilómetros del lugar.

Marcela estaba frente a los costales repletos de dinero provenientes del narcotráfico que, a su vez, se iban a guardar en las camionetas. Ella, enfurecida, tomó su cartera y se fue con Vinny en uno de los coches para escapar del lugar. Sabía que el Servicio Secreto los había descubierto y no iban a tardar en llegar.

Lucas se guardó unos cuchillos en los bolsillos y unas granadas. Como era de noche, se ocultó rápidamente y se desplazó a través de la zona dejando unos explosivos en algunos puntos claves. Pasado varios minutos, vio a Kenshi que está frente al edificio con tres hombres armados; uno de ellos era el agente, que le apuntaba, y, había otros dos en la azotea.

Lucas salió caminando por la calle, vestido de negro, con un arma con láser en la mano apuntando al agente Torres.

—Baja el arma y su amigo saldrá ileso. —dijo el agente Torres.

—Yo me entrego, si tus hombres bajan las armas. —dijo Lucas.

—Está bien. —dijo agente Torres.

Torres apuntó a Kenshi en la cabeza y dio la orden de bajar las armas. En ese mismo instante, dos de los explosivos instalados por Lucas explotan. Kenshi se bajó y Lucas disparó a la cabeza de Torres matándolo. Kenshi se cubrió entre los coches y Lucas corrió disparando hasta llegar a él. Le entregó un arma y, entre los dos, acabaron con la vida de los otros hombres. Al terminar, se dirigieron al edificio para lograr capturar a los hermanos Denti y Marcela. Lucas vio que venían unos hombres con ametralladoras y lanzó una granada. Todos quedaron muertos al instante.

Ellos siguieron avanzando. Kenshi sujetó una de las ametralladoras. Ambos continuaron a través de los pasillos disparando y eliminando cada obstáculos que se presentaba en el camino. Al llegar al sótano, Flavio y dos hombres los estaban esperando.

Lucas, muy hábil, se escondió entre las camionetas y le hizo señas a Kenshi para que se desplazara hacia el otro lado. Lucas observó a los tres hombres, sacó la última granada y la lanzó. Dos de los hombres, al ver la granada, trataron de escapar, pero la explosión los mató. Flavio quedó mal herido en el piso. Un pedazo de metal le había perforado el estómago. Kenshi siguió vigilando el perímetro, mientras Lucas se acercó apuntándole a Flavio. Lucas, de una patada, alejó el arma de fuego de Flavio.

—¿Dónde está Marcela? —preguntó Lucas.

—Vete al diablo. —dijo Flavio.

Al lado de Flavio se encontraban unos tanques de gasolina y una camioneta llena de dinero. Lucas le hizo señas a Kenshi para salir del lugar. Kenshi se montó en la camioneta. Se alejó, pero sin dejar de apuntar a Flavio. Al montarse en la camioneta, vio unos fósforos. Este sujetó unos billetes, los encendió y los tiró a los tanques de gasolina. Al salir del edificio, una explosión destruyó el área donde se encontraba Flavio.

Otra camioneta salió a toda prisa del lugar. Kenshi aprovechó y la siguió. De seguro, los iba a llevar a donde estaban Marcela y Vinny. Lucas sacó un cartucho de balas y recargó su arma. Minutos más tarde, a la distancia, divisaron las avionetas, pero continuaron detrás de la otra camioneta.

Al acercarse al lugar, Lucas le dio instrucciones a Kenshi para que acelerara y dejara estrellarse la camioneta contra las demás. En esos momentos, Kenshi aceleró y, a pocos metros, brincaron de la camioneta antes de estrellarse. Es, entonces, cuando comienza la balacera entre Vinny y los cinco hombres que se encontraban en el lugar contra ellos. Lucas logró matar a dos de ellos. Kenshi logró matar a uno, pero recibe un rasguño de bala en el brazo. Lucas se adelanta y logra matar al cuarto hombre. Kenshi se desplaza dispara y termina con la vida del quinto hombre. Solo quedaban Vinny y Marcela.

Marcela se subió a la avioneta y le dio órdenes al piloto que despegara apuntándolo con un arma en la cabeza. El piloto encendió los motores. Kenshi apuntó a Marcela, pero no logró un buen ángulo.

Vinny le disparó a Lucas par de veces. Él se movió rápidamente entre las camionetas. Kenshi trató de conseguir otro ángulo para dispararle a Marcela. Es, entonces, que entre varios disparos, Lucas logró darle en el corazón a Vinny. La misma bala lo traspasó hasta llegar al tanque de gasolina de la otra avioneta. De repente, explotó la otra avioneta. La explosión fue tal que una de las partes voló hasta impactar la avioneta donde iba Marcela. Entonces, el piloto perdió el control y la avioneta cayó de nuevo a la pista, perdiendo una de las alas. Marcela quedó herida y, también, el piloto. Lucas y Kenshi llegaron hasta la avioneta, los sacaron y los amarraron. Después los acomodan dentro de una de las camionetas. Lucas se quedó con ellos en la parte trasera de la camioneta, mientras que Kenshi los condujo hasta la embajada americana en México. En el camino Lucas se comunicó con Marc y le explicó lo sucedido.

Marc había realizado los arreglos para que los recibieran. Horas más tarde, llegó al lugar. Lucas y Kenshi estaban en unas de las oficinas. Este entró a la oficina acompañado del teniente Santiago.

—Les traje al teniente para que le pidan personalmente todo lo que necesiten, incluyendo los accesos sin mi permiso al Pentágono. Así me enteraré aquí de lo que hacen mis compañeros. —dijo Marc.

—Marc, solo fue un pequeño favor. —dijo Lucas.

—No saben cuántas explicaciones les he tenido que dar a mis superiores. —dijo Marc.

—Hermano, yo solo quiero regresar a casa y tomar unas largas vacaciones. Creo que me las merezco. —dijo Lucas.

—Tendrás tus vacaciones, pero para la próxima será bajo mis planes. ¿Está claro? —preguntó Marc.

—Sí, señor. —dijo Lucas.

—Kenshi, eso va contigo también. —dijo Marc.

–Los dejo en buenas manos, pues, tengo que reunirme con nuestra contraparte del Servicio Secreto en México, ya que tenemos que cerrar elegantemente el desastre que dejaron. –camina para salir del lugar–. Hay muchos cadáveres, evidencia que proteger y reportes que presentar en esta misión. Me comunico con ustedes más tarde. –dijo Marc.

–Gracias, Marc. –dijo Lucas.

27 VELADA

El Servicio Secreto entregó a Marcela Corning para ser enjuiciada bajo las leyes de los Estados Unidos. Pamela, al ver la noticia en la televisión, quedó totalmente sorprendida. Entonces, tomó el teléfono celular y llamó a Marc. Marc, al ver que era Pamela, atendió de inmediato la llamada.

—¿Es cierto lo que estoy viendo en las noticias? —preguntó Pamela.

—Efectivamente, es Marcela Corning. La mujer que murió en el accidente no era Marcela. Fue un error de uno de los agentes. —dijo Marc.

—¿Por qué lo mantuvieron en secreto? —preguntó Pamela.

—Recibimos órdenes de mantenerlo en secreto. Era la única forma de poder llegar a los demás cómplices y los hermanos Flavio y Vinny Denti. —dijo Marc.

—¿Los atraparon? —preguntó Pamela.

—Unos agentes los interceptaron y los mataron. —dijo Marc.

—Gracias a Dios que se hizo justicia. —dijo Pamela.

—Pamela, si usted me permite debo terminar la llamada. Me esperan muchas reuniones para cerrar este caso. —dijo Marc.

—Gracias, Marc. —dijo Pamela.

—Siempre estaremos para servirle. —dijo Marc.

Pamela dejó el teléfono celular en la mesa y subió a la habitación de Anna. Esta se encontraba intercambiando unos mensajes de texto con Kenshi. Pamela llegó hasta la puerta y se cruzó de brazos.

—Te veo muy risueña. —dijo Pamela.

—Tía, es que tenemos una cita. —dijo Anna.

—¿Tenemos? —preguntó Pamela.

—Sí. Kenshi nos acaba de invitar a comer a su casa y de paso a que conozcamos su estudio de música. —dijo Anna.

—Es que no estoy de ánimos. —dijo Pamela.

—Hazlo por mí, por favor. —dijo Anna.

—¿Te gusta ese muchacho? —preguntó Pamela.

—A ti no te lo puedo negar. Sí. Me gusta y mucho. —dijo Anna.

—¿Cuándo es la cita? —preguntó Pamela.

—En dos horas. —dijo Anna.

—¡En dos horas! —exclamó Pamela.

—Anda y ve a cambiarte. Vamos a comer y escuchar música. La vamos a pasar bien. —dijo Anna.

—Está bien. —se sonríe—. Me cambio. —dijo Pamela.

Pasada la hora y media, Pamela y Anna salieron para la casa de Kenshi. Este había preparado unos entremeses riquísimos. La barbacoa estaba lista con algunos filetes cocinándose.

Anna y Pamela tocaron a la puerta. Kenshi le bajó el fuego a la barbacoa y salió a recibirlas.

—¡Bienvenidas! —dijo Kenshi.

—Te trajimos estos vinos para acompañar la comida. —dijo Anna.

—Me parece estupendo. ¿Qué tal si pasamos a la terraza de la casa? Allí tengo unos filetes cocinando que les van a encantar. —dijo Kenshi.

—Claro. Vamos. —dijo Anna.

Pamela, Anna y Kenshi pasaron el tiempo comiendo e intercambiando opiniones sobre la música. Pamela tomó la guitarra que tenía Kenshi en uno de los estantes sin saber que aquella guitarra era la de Lucas.

—¿Puedo tocarla? —preguntó Pamela.

—Claro. No faltaba más. —dijo Kenshi.

—Es hermosa. —mirando la guitarra—. —dijo Pamela.

—Adelante, toca algo. —dijo Kenshi.

—Esta me la inventé con Anna hace mucho tiempo, lo único que le falta es la letra. —dijo Pamela.

Pamela sostuvo la guitarra y empezó a tocar aquella música que le llenaba el alma. Al terminar, Anna la aplaudió.

–¡Wow! Deberías tenerle una letra. –dijo Kenshi.

–Eso se lo dejo a mi sobrina. –dijo Pamela.

–Bueno, pasemos a la sala. Allí les quiero presentar el postre que preparé con mucho gusto para ustedes. –dijo Kenshi.

Esa tarde los tres pasaron una velada estupenda entre buenos amigos. Pamela se sintió muy relajada y sonreía de las ocurrencias entre Kenshi y Anna. Al acercarse la media noche, Pamela y Anna se despidieron de Kenshi y regresaron a la casa de los abuelos.

28 DESPERTAR

Meses después, luego de culminar el juicio, Pamela decidió ir a la Isla por unos días a recoger sus cosas en la residencia. Fisher había ido a buscarla al aeropuerto y estaba muy alegre de verla. Al llegar al muelle, Pedro la estaba esperando para darle las llaves del bote. Pamela, al ver el mar, sintió una paz interior que hacía mucho tiempo no sentía. Al fin había cerrado ese capítulo de su vida, que tanto le había hecho daño a ella y a su familia. Entonces, Fisher desató las sogas y se subió al bote. Ambos se dirigieron a la pequeña Isla. Al llegar, Fisher se encargó de bajar su mochila y la acompañó hasta la residencia.

Pamela mira alrededor antes de entrar a la residencia. Las plantas estaban muy bien cuidadas. El patio estaba recogido y todo ordenado.

—Fisher, ¿tú hiciste todo esto? —preguntó Pamela.

—¿A qué te refieres? —preguntó Fisher.

—Todo está en orden y limpio. Las plantas están impecables. —dijo Pamela.

—Son imaginaciones tuyas. —dijo Fisher.

Pamela sigue caminando, entra a la residencia y la encuentra repleta de rosas de todos colores.

—¿Y esto? —preguntó Pamela—. Mirando un florero repleto de rosas.

—En la mesa hay unos vinos y creo que hay un sobre. —dijo Fisher—. Señalando hacia la mesa.

Pamela camina hacia la mesa y toma el sobre. Dentro del mismo, hay una carta. Fisher sale de la residencia. Pamela comienza a leerla.

Pam,

Después de la muerte de mi hija y mi esposa, estuve en coma por varios meses. Un buen amigo me ayudó, logró que recuperara mi vida y mi trabajo. Gracias al destino pude conocerte, soñar contigo y poder volver a creer en el amor.

Sin embargo, la vida nos jugó una jugarreta, la cual te pido perdón por no haber estado al lado tuyo cuando más me necesitabas y provocarte un dolor tan grande.

Dice la historia, que existe un hilo imaginario entre las personas, que no importa la distancia y el tiempo, nada detendrá que el destino las una.

Hoy, estas flores son para ti, por cada día que te hice llorar. Y quiero que sepas.... que aún conservo el hilo rojo en mi mano.

Si te volteas hacia la puerta, sabré que la historia era verdadera.

Te ama,

Lucas

Pamela lloraba sin cesar. Le temblaron las manos y las piernas. No podía creer lo que estaba leyendo y al ver tantas flores hermosas a su alrededor. Pamela respiró profundo, abrazó la carta y se volteó lentamente hacia la puerta.

En la puerta estaba Lucas esperándola con una rosa roja en la mano. Pamela, con su rostro lleno de lágrimas, al verlo corrió a sus brazos.

—Mi amor. Marc tuvo que mentir. —dijo Lucas—. Abrazándola.

—Ya no importa. Estás aquí y eso es suficiente. —dijo Pamela.

Pamela continuaba llorando de la alegría y Lucas le secaba las lágrimas acariciándole la cara y mirando a sus ojos.

—Pamela, yo te amo. Nunca dejaré de decírtelo y demostrártelo. —dijo Lucas.

—Y yo a ti. —dijo Pamela.

Lucas la abrazó, luego le sujetó la barbilla y la besó intensamente. Con sus manos acarició su espalda hasta el cuello. De la misma manera, Pamela le acarició la cara y se dejó llevar. Caminaron besándose y llegaron a la cama y demostraron su inmenso amor toda la noche.

Al día siguiente, después de una noche intensa, con un sol radiante, Pamela amaneció en los brazos de Lucas escuchando el ruido de las olas y las aves. Tal como lo había siempre deseado.

Dos semanas más tarde, en un restaurante en California, Joe, Margaret, Kenshi, Anna, Lucas y Pamela se reunieron para cenar y degustar algunos vinos. Algunos amigos de ellos se entraban también en el lugar. De repente, Kenshi tomó de la mano a Anna y se subió a la tarima. Kenshi sacó la guitarra de Lucas. Anna se acercó al micrófono. Lucas y Pamela se miran anonadados preguntándose qué ellos iban a hacer.

—Tía Pam y Lucas, ¿nos acompañan en esta canción?. —preguntó Anna.

Lucas tomó a Pamela de la mano y subieron a la tarima. También, algunos amigos subieron a tocar los demás instrumentos musicales.

—Ustedes, ubíquense aquí. Ambos saben cantar y leer música. Ahí están los micrófonos y la letra. No se preocupen que Anna hará los arreglos. —dijo Kenshi.

—¡Están locos! —dijo Pamela.

—¡Vamos, Pam! —dijo Anna.

Comenzaron los músicos a tocar. Lucas y Pamela se sonrieron y comenzaron a cantar.

El:

Desperté de mi sueño para verte a ti,

El invierno te alejó de aquí,

Cómo extraño tu cuerpo junto a mí,

La locura me cegó, ya no quiero vivir.

Ella:

Yo también me alejé, pues, no podía vivir,

Al saber que tu amor se fue lejos de aquí,

Sin tus caricias, ya no puedo sentir,

Sin ti, yo no quiero vivir.

Coro:

Mi corazón no puede negar que te amo a ti,

Es la bendita historia del hilo rojo,

Que nos unió a ti y a mí.

El:

Tus labios, tu piel, me hacen desearte a ti,

Ya no soy el hombre que no quiere vivir,

Mi pasión, mil razones, jamás te dejaría ir,

Mi vida entera la quiero pasar junto a ti.

Coro:

Mi corazón no puede negar que te amo a ti,

Es la bendita historia del hilo rojo,

Que nos unió a ti y a mí.

Ella:

Me desvelo pensando en ti,

Miro el reloj, es como un frenesí,

Quiero gritar al universo que vuelvo a vivir,

Deseo amarte, soñar de nuevo junto a ti.

Coro:

Mi corazón no puede negar que te amo a ti,

Es la bendita historia del hilo rojo,

Que nos unió a ti y a mí.

Ambos:

Quiero gritar al universo que vuelvo a vivir,

Mi pasión, mil razones, jamás te dejaría ir,

Es la bendita historia del hilo rojo,

Que nos unió a ti y a mí.

SOBRE LA AUTORA

La autora nació en el Bronx, New York; hija de padres puertorriqueños.

Posee un Bachillerato en Ingeniería Mecánica con una Maestría en Gerencia

en Ingeniería. Ha ofrecido cursos universitarios, seminarios técnicos y posee

sobre quince años de experiencia laborando en su profesión.

Ha recibido reconocimientos, tales como: Añasqueño Distinguido y la

Primera Mujer Graduada del Departamento de Ingeniería Mecánica de la

Universidad Politécnica Puerto Rico.